闇天狗

剣客同心親子舟

鳥羽 亮

文庫
時代小説

JN154232

角川春樹事務所

目次

本書は時代小説文庫（ハルキ文庫）の書き下ろし作品です。

闇天狗

剣客同心親子舟

第一章　天狗

一

神田川の流れの音が、聞こえていた。川の岸際に群生した茅《かや》が、さわさわと風に揺れている。

浅草茅町《かやちょう》一丁目の神田川沿いの道をふたりの男が歩いていた。呉服屋、木村屋《きむらや》のあるじの善兵衛《ぜんべえ》と手代《てだい》の吉之助《きちのすけ》である。

五ツ半（午後九時）ごろだった。頭上に弦月が出ていた。秋の微風が、汗ばんだ肌に染みるように心地よい。

木村屋は、本石町《ほんごくちょう》四丁目にあった。神田川にかかる浅草橋を渡り、表通りを西にむかえば、本石町に出られる。

善兵衛は幕府の御納戸頭《おなんどがしら》の船木稲之助《ふなきとうのすけ》と柳橋《やなぎばし》にある料理屋、吉崎屋《よしざきや》で飲んだ帰りだった。

木村屋は、幕府の衣類の調達にかかわっている店で、御納戸頭の船木とは商談のために城下で会うことがあった。もっとも、商談といえば聞こえはいいが、木村屋の接待である。

「遅くなりましたな。すこし、急ぎますかな」

善兵衛が、吉之助に声をかけた。

善兵衛は船木を送り出した後、吉崎屋の女将《おかみ》に、「駕籠《かご》を呼びましょうか」と声をかけられた。

ところが、善兵衛は、「いい月夜です。夜風に当たりながら、歩いて帰りますよ」と、言って、断った。

それで、善兵衛と吉之助は、神田川沿いの道を歩いていたのである。

前方に、神田川にかかる浅草橋が見えてきた。夜陰のなかに、橋梁《きょうりょう》が黒く横たわっている。いまは、夜陰のために人の姿は識別できないが、日中は大勢のひとが行き交っている賑《にぎ》やかな橋である。

そのとき、吉之助が足をとめ、

「そ、そこの柳の陰に、だれかいます」

と、声を震わせて言い、岸際に植えられた柳を指差した。

柳の樹陰に人影があった。暗くてはっきりしないが、ふたりいるようだ。

「夜鷹《よたか》ですよ」

善兵衛はそう言ったが、夜鷹ではないと思った。この辺りや神田川沿いにつづく柳原通りは、夜になると夜鷹があらわれ、男の袖《そで》を引くことがあった。ただ、夜鷹がふたりいっしょにいることは、ないはずだ。

「い、急ぎましょう」

善兵衛は、足を速めた。吉之助は遅れずについてくる。

すると、柳の樹陰から人影が通りに出てきた。

ふたり――。夜陰のなかに、大きな顔が浮かび上がった。

「て、天狗《てんぐ》！」

善兵衛がひき攣《つ》った声で言い、その場に凍り付いたようにつっ立った。吉之助も、身を顫《ふる》わせて立っている。

だが、すぐに天狗でないことが知れた。ふたりは、天狗の面をかぶっていたのだ。ともに、武士らしい。小袖《こそで》に裁着袴《たつつけばかま》姿で、大小を帯びている。

ふたりだけではなかった。もうひとり、柳の樹陰に人影があった。黒布で頰《ほ》っかむりしている。武士ではないらしい。男は、無腰だった。闇に溶ける黒の腰切半纏《こしきりばんてん》と黒股引姿《ももひき》である。

　ふいに、天狗の面をかぶったふたりが、善兵衛たちにむかって走りだした。足が速かった。夜陰に浮かび上がった姿は、まさに天狗のようである。

　善兵衛の前に立った大柄な男が、

「木村屋のあるじか」

　と、くぐもった声で訊《き》いた。

　もうひとり、中背の男は、善兵衛と吉之助の背後にまわり込んだ。ふたりの逃げ道を塞《ふさ》いだらしい。

「そ、そうです」

　善兵衛が、声を震わせて言った。

「ふたりに、恨みはないがな」

　大柄な男はそう言って、刀の柄《つか》に手をかけた。背後にまわった男も、刀の柄に右手を添え、抜刀の体勢をとっている。

「つ、辻斬《つじぎ》り……！」

　善兵衛の顔が、恐怖で歪《ゆが》んでいる。

　大柄な武士は、無言のまま刀を抜いた。夜陰のなかに、刀身が青白いひかりを放っている。つづいて、背後の武士も抜刀した。

「逃げてみろ！」

大柄な武士の声は、笑いを含んでいた。

善兵衛は戸惑うような顔をして後退《あとじさ》ったが、逃げなかった。背後にも武士がいるので、逃げられないのだ。

「逃げねば、このまま斬るぞ！」

大柄な武士が、声を上げた。

善兵衛がひき攣ったような悲鳴を上げ、反転して逃げようとした。

刹那《せつな》、大柄な武士の体が躍り、手にした刀が夜陰のなかに青白くひかった。次の瞬間、武士の手にした刀の切っ先が、善兵衛の肩から背にかけて深く斬り裂いた。素早い斬撃《ざんげき》である。

これを目にした吉之助は、

「助けて！」

叫びざま、反転して逃げ出そうとした。

「逃がさぬ！」

もうひとりの武士が声を上げて、逃げる吉之助を追いかけ、手にした刀を一閃《いっせん》させた。

刀の切っ先が、走り出した吉之助の首をとらえた。首が傾《かし》ぎ、血飛沫《ちしぶき》が激しく飛び散った。

吉之助は血を撒《ま》きながらよろめき、足が止まると、腰から崩れるように転倒した。俯《うつぶ》せに倒れた吉之助は、首をもたげてもがくように手足を動かしていたが、いっときすると、がっくりと首が落ち、動かなくなった。絶命したらしい。横たわった吉之助を赤い布で包むように、血が地面にひろがっていく。

地面に倒れた善兵衛のまわりに、三人の男が集まってきた。天狗の面をかぶったふたりの武士と、黒布で頬っかむりした男である。

「懐《ふところ》を探ってみろ」

大柄な武士が、頬っかむりした男に声をかけた。

頬っかむりした男は倒れている善兵衛の脇に屈《かが》み、懐に手を入れて探った。すぐに、財布を摑《つか》み出し、なかを覗《のぞ》くと、

「たんまり入《へえ》っていやす」

と言って、ニヤリとした。

「百両もらう上に、駄賃までついたわけだ」

大柄な武士が、天狗の面をかぶったまま言った。その声に、笑っているようなひびきがある。

「引き上げるか」

もうひとりの天狗の面をかぶった武士が声をかけた。

三人は、夜陰に閉ざされた神田川沿いの道を柳橋の方にむかって歩いていく。

二

タアッ！

長月菊太郎《ながつききくたろう》は気合を発し、木刀を振り下ろした。

菊太郎は、八丁堀《はっちょうぼり》にある町奉行所の同心の住む組屋敷の庭にいた。庭といっても狭く、木刀の打ち込みや素振りをやるのがやっとである。

菊太郎は、まだ十六歳だった。これまで、父親の長月隼人《はやと》とふたりで、剣術の稽古をすることが多かったが、ちかごろ隼人は、「今朝は、独り稽古をしてみろ」などと菊太郎に声をかけ、庭に出てこないことがあった。今朝も、菊太郎は独り庭に出て、稽古をしていたのだ。

隼人は直心影流《じきしんかげりゅう》の遣《つか》い手だった。隼人の手解《てほど》きを受けた菊太郎の剣も、直心影流といっていい。

菊太郎は、南町奉行所に出仕するようになってまだ二年、役柄は見習《みならい》だった。

町奉行所の役柄はこまかく分かれていて、年寄から順に十一格あった。一番下が無《む》足《そく》見習で、その上が見習である。菊太郎は無足見習から出仕したので、ひとつだけ格が上がったことになる。

一方、父親の隼人は、隠密廻《おんみつまわ》り同心だった。隠密廻りは他の同心とちがって、町奉行直属だった。従って、奉行の指示で探索に当たっている。

本来、町奉行所の同心は、一代限りの御抱席《おかかえせき》だった。だが、それは建て前だった。嫡男《ちゃくなん》が十三、四歳になると同心見習に出て、親が老齢になったり死んだりすると、同心になることが多かった。事実上、世襲といってもいい。

菊太郎はしばらく木刀の素振りをやり、全身が汗ばんでくると、打ち込み稽古を始めた。敵が前にいることを想定し、面《めん》や籠手《こて》に打ち込む稽古である。

菊太郎が打ち込み稽古を始めて間もなく、屋敷の戸口で、母親のおたえと利助《りすけ》の声がした。利助は、隼人が手札《てふだ》を渡している岡っ引きである。

おたえにつづいて、「庭にまわってくれ」という隼人の声がした。隼人はおたえといっしょに戸口に出て、利助と顔を合わせたらしい。

菊太郎は利助が近づいてくる足音を聞いて打ち込み稽古をやめ、額に浮いた汗を手の甲で拭った。

そこへ、隼人が座敷から顔を見せ、

「菊太郎、何か事件があったらしいぞ。おれといっしょに、利助の話を聞け」

と、菊太郎に言った。

隼人の胸の内には、奉行の指示があるまで、菊太郎を事件の探索に当たらせたいという思いがあったのだ。

菊太郎は隼人とふたりで、庭に面した縁側に腰を下ろして待つと、利助が慌てた様子で庭に入ってきた。

利助は、四十がらみだった。隼人は、利助が八吉《やきち》という岡っ引きの手先だったころから使っていた。そのころは、まだ菊太郎は生まれていなかった。長い付き合いである。

「大変ですぜ！」

利助は、隼人と菊太郎の顔を見るなり言った。

「どうしたのだ」

隼人が訊いた。まったく、慌てた様子はなかった。こうしたことには、慣れていたのだ。

「辻斬りでさァ」

利助が昂《たかぶ》った声で言った。

「辻斬りなァ」

隼人が気のない声で言った。隠密廻り同心は余程のことがなければ、辻斬りの探索に当たるようなことはない。

「それが、天狗のようなんでさァ」

利助が、身を乗り出して言った。

「なに、天狗だと！」

隼人の声が大きくなった。

菊太郎も驚いたような顔をして、利助に目をやっている。

隼人と菊太郎が、天狗の話を聞くのは二度目だった。一月《ひとつき》ほど前、本石町で両替屋のあるじが辻斬りに斬り殺された。そのときの目撃者が、あるじを斬ったのは天狗だと証言した。ただ、その後の聞き込みで、下手人は天狗の面をかぶっていたらしい、と分かったのである。

「それが、天狗がふたりいたらしいんで」

利助が、身を乗り出すようにして言った。

「ふたりだと……。天狗がひとり増えたわけか」

隼人の顔が厳しくなった。天狗の面をかぶって顔を隠しただけの辻斬りではない、と思ったようだ。

隼人のそばにいた菊太郎が、

「ともかく、現場に行ってみます」

と、意気込んで言った。

「おれも、現場を見ておくか」

隼人が立ち上がり、

「場所はどこだ」

と、利助に訊いた。

「浅草茅町で、浅草橋を渡ると、すぐだそうで」

「行くぞ」

隼人が、菊太郎と利助に声をかけた。

「三人とも、気をつけて」

おたえが見送りに出て、隼人たちに声をかけた。

隼人たちは八丁堀の組屋敷を出ると、楓川《かえでがわ》にかかる海賊橋《かいぞく》を過ぎ、楓川沿いの道を北にむかい、日本橋川にかかる江戸橋を渡った。

隼人たちは奥州《おうしゅう》街道に出ると、東にむかった。そして、賑やかな両国広小路を抜けて神田川にかかる浅草橋を渡った。渡った先が、浅草茅町一丁目である。

「あそこですぜ」

利助が、橋のたもとに立って右手を指差した。

神田川沿いの通りに、人だかりができていた。通りすがりの野次馬が多いようだが、岡っ引きや下っ引き、それに町方同心の姿もあった。

「天野《あまの》の旦那がいやす」

利助が、人だかりを指差して言った。

人だかりは、二か所にあった。すこし離れた神田川の岸際にも、別の人だかりができていたのだ。

天野玄次郎《げんじろう》の姿が、手前の人だかりのなかほどにあった。天野は南町奉行所の定廻《じょうまわ》り同心である。隼人は、天野の住む組屋敷が近いこともあって付き合いが長かった。これまで、ふたりは多くの事件の探索に当たってきた。ちかごろ、天野は菊太郎といっしょに行動することもある。

天野のそばに、もうひとり八丁堀同心の姿があった。北町奉行所の定廻り同心の矢《や》島太四郎《じまたしろう》だが、隼人は矢島と話したことはなかった。

三

隼人たちが近付くと、人だかりが左右に割れた。町方同心がふたり、新たに臨場したのを見て、野次馬たちが身を引いたのだ。

「ここです」

天野が立ち上がり、隼人たちを呼んだ。

隼人はそばにいた利助に、「近所で、聞き込んでみろ」と指示し、菊太郎とふたりで天野に近付いた。すると、天野の向かいで検屍《けんし》していた矢島が立ち上がり、隼人に軽く頭を下げてその場を離れた。検屍を終えたようだ。

矢島は、岸際の人だかりに足をむけた。そちらの検屍にあたるようだ。

「長月さん、木村屋のあるじの善兵衛です」

天野が、足許《あしもと》近くに横わっている男の死体を指差して言った。天野によると、木村屋は本石町四丁目にある呉服屋だという。店から番頭や手代などが駆け付け、殺された男のことが知れたそうだ。

「背後から一太刀《ひとたち》か」

　隼人が言った。

　善兵衛は顔を横にむけ、俯せに倒れていた。肩から背にかけて深く斬られ、赭黒《あかぐろ》い血に染まっている。

「下手人は、武士のようだ。……それに、腕がたつとみていい」

　下手人は剣の遣い手らしい、と隼人はみた。相手が町人であっても、一太刀で仕留めるのはむずかしい。

「懐には、何も入っていません。下手人が奪ったようです」

　天野が言った。

「もうひとりは、あそこか」

　隼人が、別の人だかりを指差して訊いた。隼人は、これ以上善兵衛の死体を見ていても、新たなことは分からないと思ったのだ。

「そうです」

「別の仏も、拝んでみるか」

　隼人が立ち上がると、天野も立ち、神田川の岸際にできている別の人だかりに足をむけた。菊太郎は、隼人の後ろからついてくる。

隼人たちが近付くと、人だかりが左右に割れて、岸際に倒れている男の姿が見えた。矢島は人だかりから離れ、手先らしい男たちと何やら話していた。付近の聞き込みに当たるよう指示しているのかもしれない。

男がひとり、地面に俯せに倒れていた。激しく血が飛び散り、辺りは大量の血を撒いたように赭黒く染まっている。

「この男は、首を一太刀か」

隼人が倒れている死体に目をやって言った。

「手代の吉之助です」

天野は、吉之助の名を、駆け付けた木村屋の奉公人から聞いたという。

「吉之助を斬った男も、腕がたつようだ」

隼人は、直心影流の遣い手だったので、切り口で腕のほどを見抜く目を持っている。

「主人の善兵衛を斬った男と別人ですか」

天野が訊いた。

「まだ、決め付けることはできんが、別人とみていいようだ。……ふたりとも背後から斬られているが、太刀筋がちがう」

隼人が話したことによると、善兵衛は背後から袈裟《けさ》に斬られ、吉之助は背後から首を横に斬られているという。

「すると、下手人はふたりいたのか」

天野が、顔を厳しくして言った。

「すくなくてもふたり、とみていい。……三人か、あるいは四人ということもある」

「そうですか」

天野は、厳しい顔をして虚空《こくう》を睨《にら》むように見据えていたが、

「辻斬りではなく、初めから木村屋の主人を狙ったのかもしれませんね」

と、つぶやくような声で言った。

「まだ、何とも言えないな。ともかく、殺されたふたりのことを調べてみる必要がありそうだ」

隼人が言うと、そばにいた天野と菊太郎がうなずいた。

隼人たちは、近くにいた木村屋から駆け付けた番頭や手代から話を聞くことにした。三人で手分けして訊いたが、下手人につながるような話は聞けなかった。

木村屋から駆け付けた奉公人たちは、いずれも平静を失っていた。それに、番頭の盛造《もりぞう》ですら、昨夜、殺された主人の善兵衛は商談のために、柳橋の吉崎屋という料理屋に行ったことしか知らなかった。善兵衛は店の者にも詳しいことは話さず、手代の

吉之助を連れて吉崎屋に出かけたらしい。

隼人たちが、木村屋の奉公人たちから話を聞き終えると、

「父上、吉崎屋に行ってみますか」

菊太郎が、身を乗り出すようにして言った。

「そうだな」

隼人も、吉崎屋で善兵衛のことを訊いてみようと思った。それに、殺しの現場から柳橋は近かった。

隼人は天野にこれから吉崎屋に行くことを話し、菊太郎とともに柳橋に足をむけた。

吉崎屋はすぐに知れた。神田川にかかる柳橋の近くにあり、界隈《かいわい》でも名の知れた老舗《しにせ》の料理屋だった。

隼人たちは店に入り、応対に出た女将に善兵衛のことを訊くと、

「善兵衛さんは、とんだことになったようです」

と、女将は眉を寄せて言った。善兵衛が殺されたことを耳にしているようだ。

「昨夜《ゆうべ》、この店で飲んだようだな」

隼人が訊いた。

「は、はい」

「だれと飲んだのだ」

「お侍さまで、お上の方だと聞きました」

女将は隠さずに話した。善兵衛が店からの帰りに殺されたことを知って、話す気になったのだろう。

「お上の方だと」

隼人が聞き直した。

「はい、お名前は存じませんが、御納戸方のようです」

「木村屋は、呉服を幕府に納めていたのか」

「そうかもしれません」

女将が小声で言った。詳しいことは、知らないのだろう。

「店にいるとき、何か変わったことはあったか」

「ございません」

女将は、きっぱりと言った。

「店を出たのは何時《なんどき》ごろだ」

「五ツ（午後八時）を、すこし過ぎていたようです」

「そうか」

った。

隼人は、女将に礼を言って吉崎屋を出た。下手人につながるような話は、聞けなかった。

「父上、どうします」

菊太郎が訊いた。

「現場にもどろう」

隼人は殺しの現場にもどっても新たなことは出てこないと思ったが、現場は帰り道である。

四

翌朝、隼人と菊太郎は八丁堀の組屋敷を出ると、本石町にむかった。木村屋に行き、殺された善兵衛と吉之助のことを、店の者に訊いてみようと思ったのだ。

木村屋は、本石町四丁目の表通り沿いにあった。土蔵造りの大きな店である。表戸はしめてあった。脇の大戸が二枚あけてあり、店の者はそこから出入りしているようだ。戸口の近くに、岡っ引きや下っ引きらしい男、それに近所の住人らしい男が、何人か集まっていた。主人の善兵衛と手代の吉之助が殺されたと聞いて、様子を見に来たらしい。

隼人と菊太郎は戸口に近寄り、戸のあいている場所からなかを覗いてみた。店のなかは薄暗かった。土間の先が広い呉服の売り場になっていて、ふだんは客がいるのだろうが、いまはひっそりとして、人影はまばらだった。店の奉公人らしい男が、何人か行き来しているだけである。どの男も口をつぐみ、肩を落として歩いている。

隼人と菊太郎が土間に入っていくと、売り場の左手奥の帳場格子の前にいた年配の男が、足早に近付いてきた。番頭の盛造である。

「盛造、とんだことになったな」

隼人は、殺された現場で盛造と顔を合わせたとき、話を聞いていたのだ。

「こ、こんなことになるとは、思ってもみませんでした」

盛造が涙声で言った。

「このままでは、善兵衛も吉之助も浮かばれまい」

「は、はい……」

盛造が肩を落とした。

「善兵衛と吉之助をこのような目に遭わせた者たちを捕らえ、罪の償いをさせるのが、何よりの供養だ」

隼人はそう言った後、

「下手人に、心当たりはないか」

と、盛造に身を寄せて訊いた。

「心当たりは、ございませんが……」

盛造はそう言っていっとき間をとってから、

「実は、四、五日前、あるじが、胡乱《うろん》なお侍に跡を尾《つ》けられた、と申していたのです」と、声をあらためて言った。

「胡乱な侍に、跡を尾けられたと」

すぐに、隼人が訊き返した。

「は、はい。遠方で、はっきりしないが、刀を差していたので、お侍と分かったそうです。顔が天狗のように見えたと言ってましたが……」

「天狗な」

隼人は驚かなかった。すでに、天狗の話は聞いていたからだ。

「遠方なので、そう見えただけかもしれない、とあるじは、申しておりました」

「いずれにしろ。その侍が、善兵衛と吉之助を襲ったのなら、前から善兵衛を狙っていたことになるが……」

隼人はそう言って、いっとき間をとってから、

「天狗はともかく、善兵衛を狙っていた者に、何か心当たりはあるか」

と、訊いた。

「ございません」

盛造が、きっぱりと言った。

「ところで、善兵衛は何か奪われたのか」

「財布がなくなっていたようです」

「そうか」

隼人はいっとき口をつぐんでいたが、

「殺された善兵衛だが、四、五日前、胡乱な侍に跡を尾けられた後、何か言ってなかったか」

と、声をあらためて訊いた。

「そう言えば、富沢屋《とみざわや》さんの二の舞いにならないように気をつけよう、と申しておりました。そのとき、主人は笑みを浮かべていましたので、冗談と思っておりましたが……」

「富沢屋の二の舞いとは」

すぐに、隼人が訊いた。

「富沢屋は呉服屋ではなく、両替屋です。店は本石町三丁目にございます。……一月ほど前のことですが、富沢屋のあるじの豊蔵《とよぞう》さんが、店の近くの通りで何者かに斬られて、お亡くなりになったのです」

「善兵衛と同じように殺されたのか」

　隼人はそう訊いたが、両替屋のあるじが殺されたことは知っていた。下手人が天狗の面をかぶっていたことも耳にしている。

「は、はい」

「一月ほど前な」

　隼人が首をひねって見せた。盛造の話を続けて聞こうと思ったのである。

「奉行所の方もあまり調べなかったようです。そのころ、夜になると、本石町辺りでも、ならず者や辻斬りが金を持っていそうな男を襲うとの噂《うわさ》がありましたので、豊蔵さんは辻斬りに殺されたのだろうと、みたようです」

　盛造は、天狗の話はしなかった。そのことは、耳にしていないのかもしれない。

「そうか」

　おそらく、事件に当たった町奉行所の同心も、辻斬りとみて本腰を入れて調べなかったのだろう。

「それで、富沢屋は、いまどうなっている」

隼人が、声をあらためて訊いた。

「倅《せがれ》さんが跡を継いだもののかなり苦労されているようでございます」

盛蔵が小声で言った。

「盛蔵、殺された善兵衛の家族に、話しておいてくれ。下手人は、おれたち町方の手でかならず捕らえるとな」

隼人はそう言い残し、菊太郎を連れて店から出た。

通りに出ると、菊太郎が、

「父上、どうします」

と、訊いた、このまま八丁堀に帰るのは、すこし早いと思ったようだ。

「どうだ、富沢屋まで足を延ばし、あるじの豊蔵が殺されたときのことを訊いてみるか。一月ほど前のことなら、店の者は覚えているだろう」

「行きましょう」

菊太郎が勇んで言った。

五

隼人と菊太郎は、表通りを富沢屋のある本石町三丁目にむかった。表通りを西にむかえばすぐである。

隼人たちは本石町三丁目に入ると、両替屋はないか見ながら歩いた。

「父上、そこに両替屋があります」

菊太郎が、通り沿いの店を指差して言った。

店の脇の掛看板に、「両替」とだけ大きく書いてあった。通りかかった者に訊くと、富沢屋とのことだった。富沢屋は大きな店で、本両替のようである。

両替屋は、本両替と脇両替とに分かれていた。本両替は、両替の他に手形の振替、預金、貸付、為替《かわせ》など、現在の銀行のような仕事をしている。

一方、脇両替は金銀貨と銭を交換するのが仕事である。多くは質屋や酒屋などが、売り上げの銭で両替をしていた。

「繁盛しているようですね」

菊太郎が言った。店の戸口から、客らしい男が頻繁に出入りしている。

「店に入って、訊いてみよう」

隼人と菊太郎は、富沢屋の暖簾《のれん》をくぐった。

店に入ると、土間の先が広い座敷になっていて、何人もの手代らしい男が客と話したり、算盤《そろばん》を弾《はじ》いたりしていた。金、銀貨と銭の交換などをしているようだ。

座敷の左手に、帳場格子があった。その奥に年配の男が座し、台秤《だいばかり》で何かを量っていた。番頭らしい。量っているのは、金か銀であろう。

隼人たちが店に入っていくと、近くにいた手代が驚いたような顔をして隼人と菊太郎を見た。隼人が、一目で八丁堀の同心と知れる格好をしていたからだろう。

手代は隼人たちのそばに来ると、腰を低くし、

「何か御用でしょうか」

と、揉《も》み手をしながら訊いた。

「訊きたいことがある。あるじか番頭を呼んでくれ」

隼人が、客に聞こえないように小声で言った。

「お待ちください」

手代は慌てた様子で、帳場格子の向こうにいる番頭らしい男のそばに行き、何やら話していた。

番頭らしい男はすぐに立ち上がり、隼人たちのそばに来ると、座して、

「番頭の益造《ますぞう》でございます。何か御用でしょうか」

と、小声で訊いた。他の客に聞こえないように気を遣ったらしい。

「一月ほど前のことで、訊きたいことがあるのだ」

隼人が声をひそめて言った。

するとと、益造の顔から笑みが消え、

「ここでは、お話しできません」

そう言った後、戸惑うような顔をしていたが、

「お上がりになってください」

と言って、隼人と菊太郎を座敷に上げた。

益造が隼人たちを連れていったのは、帳場の奥の座敷だった。そこは、馴染《なじ》みの客や上客のための座敷らしく、座布団や煙草盆《たばこぼん》などが用意されていた。

益造は隼人と菊太郎に座布団を出して座らせると、自分は畳に座し、

「まだ、あるじは若く、今日は店にはおりませんので、手前がお話しします」

と言って、あらためて隼人と菊太郎に頭を下げた。

「番頭でいい」

隼人は、一月ほど前の事件のおり、番頭があるじの亡骸《なきがら》を引き取ったり、町方の訊《じん》問《もん》を受けたりしたはずなので、番頭の方が事件のことを知っているとみたのだ。

「木村屋のあるじと手代が殺されたことは、知っているか」

隼人は、すぐに事件のことを口にした。

「話は、聞いております」

益造の顔から、愛想笑いが消えている。

「ふたりは、柳橋からの帰りに神田川沿いの道で斬り殺された。下手人は、間違いなく武士だ。それも、ふたりいたとみている」

隼人は、隠さずに話した。

「左様でございますか」

益造の顔が強張《こわば》っている。

「一月ほど前、この店のあるじは、この店の近くで斬り殺されたそうだな」

「は、はい」

「殺されたとき、あるじの豊蔵はひとりだったのか」

「ひとりでした」

益造によると、豊蔵が襲われたのは、従兄弟《いとこ》の竹次郎《たけじろう》という男と薬研堀《やげんぼり》沿いにある料理屋で飲んだ帰りだという。

竹次郎は、馬喰町《ばくろちょう》にある瀬戸物屋のあるじで、店の売り上げを富沢屋に預けにくることがあるという。従兄弟同士ということもあり、豊蔵は竹次郎とふたりで薬研堀沿いにある料理屋に酒を飲みに行くことがあったそうだ。

柳橋ほどではないが、薬研堀沿いにも料理屋や料理茶屋などがあった。賑やかな両国広小路から流れてくる客が、すくなくなかったのだ。

竹次郎によると、その日、豊蔵は竹次郎とふたりで店を出ると、両国広小路を経て、浅草橋のたもとから表通りを西にむかったという。そして、馬喰町で竹次郎と別れた。竹次郎の店が、馬喰町にあったからだ。

その後、ひとりになった豊蔵は、表通りを自分の店のある本石町にむかったらしい。暮れ六ツ（午後六時）過ぎで、通り沿いの店の多くは商いを終えて表戸をしめていたが、人影はあったはずだという。表通りは暮れ六ツ過ぎでも、遅くまで仕事をした職人や仕事帰りに一杯飲んだ男などが、通りかかるそうだ。

「はっきりしませんが、あるじは店の近くまで来たとき、いきなり襲われ、斬り殺されたようです」

益造が言った。

「豊蔵を襲ったのは、武士か」

隼人が訊いた。

「手前には分かりませんが、あるじは刀で斬られたらしい、と八丁堀の旦那は、口にされていました」

「下手人は、やはり武士らしいな」

そう言って、隼人はいっとき間《ま》を置いた後、

「つかぬことを訊くが、豊蔵は、天狗について何か話していたことはないか」

隼人が声をひそめて訊いた。

「ございます。……殺される数日前、何者か分からないが、天狗の面をかぶった男に、跡を尾けられたような気がする、と口にしておりました」

「その男は武士か」

「分かりません。主人は、気のせいかもしれないと言って、苦笑いを浮かべておりました」

「そうか」

隼人が言った。暗いとき、遠方から天狗の顔を見ても、気のせいか見間違いと思うだろう。

「ところで、豊蔵は何か奪われたのか」

隼人が、声をあらためて訊いた。木村屋のあるじの善兵衛は、襲われた武士に財布を奪われたらしいのだ。

「持っているはずの財布が、ありませんでした」

益造が言った。

「どうやら、豊蔵も、善兵衛と手代の吉之助を襲った者に斬られたようだ」

隼人は、豊蔵も善兵衛も、同じ武士に斬られたとみた。

六

「善兵衛と豊蔵を襲った下手人の狙いは、金ですか」

菊太郎が、歩きながら隼人に訊いた。

隼人と菊太郎は、富沢屋を出た後、八丁堀に帰るつもりで、表通りを南にむかって歩いていた。その道は、入堀沿いの通りにつながっていて、八丁堀に近い江戸橋のたもとに出られる。

「辻斬りが金を狙って、大店《おおだな》の旦那ふうの男を襲ったとみるのか」

隼人が言った。

「はい」

「おれは、ちがうような気がする」

隼人はつぶやくような声で言った後、いっとき黙したまま歩いていたが、

「富沢屋の豊蔵の場合、店の近くで斬られている。暮れ六ツ過ぎだが、人通りがまったく途絶えるような夜中でもない。場所も時も、金持ちらしい男を狙って辻斬りをするには適さない。……下手人は初めから豊蔵を狙い、店の近くで帰るのを待っていて、襲ったとみていいのではないか」

そう言って、菊太郎に目をやった。

「恨みですか」

「恨みではないな。……おれは、何者かに頼まれたような気がする」

隼人が小声で言った。確証がなかったのだ。

「すると、豊蔵の殺しを頼んだ者がいるのですね」

菊太郎が、身を乗り出すようにして訊いた。

「おれは、そうみている」

「殺しを頼んだのは、だれです」

菊太郎の声が、大きくなった。

「それが分かれば、下手人も知れる」

「父上、木村屋と富沢屋に行って、心当たりはないか訊いてみますか」

菊太郎が意気込んで言った。

そのとき、隼人は菊太郎が意欲的に事件の探索に当たっているのを感じ取り、

「おれも、そのつもりだ。……いずれにしろ、事件を探るのはこれからだな」

そう言って、隼人はいっとき黙って歩いていたが、腹を決めたようにちいさく頷《うなず》くと、

「どうだ、菊太郎、しばらくひとりで事件に当たってみないか」

と、菊太郎に目をやって言った。

隼人の胸の内には、菊太郎に町奉行所の同心として、早く独立してほしいとの思いがあった。菊太郎は、すでに十六歳である。いつまでも父親の手先のように指示に従って事件の探索に当たっていては、独り立ちできないだろう。

それに、隼人は隠密廻り同心だった。隠密廻り同心は、奉行の指示を受けてから事件の探索に当たる身である。

「父上は」

菊太郎が、戸惑うような顔をして訊いた。

「おれは、隠密廻り同心だ。まだ、跡部《あとべ》さまから事件の探索に当たるようにとの指図を受けてないのだ」

隼人が言った。

このときの南町奉行は、跡部能登守良弼《のとのかみよしすけ》であった。

「でも、お奉行のお指図がなくても、巡視のおりに事件のことを知ったことにでもすれば……」

菊太郎が言った。

隼人は、これまでも市中巡視のおりに事件現場に出くわし、急遽《きゆうきよ》事件の探索に当たったことにしてきた。そのような緊急の場合は、奉行の指図を受けずに探索に当たることも許されるのだ。

「菊太郎、これだけの事件だ。すぐに、御奉行からの指図がある。それまでの辛抱だ」

隼人が、苦笑いを浮かべて言った。

「分かりました。……利助の手も借りて、事件を探ってみます」

菊太郎が意気込んで言った。


翌朝、菊太郎は、組屋敷に姿を見せた利助を連れ、隼人とおたえに見送られて八丁堀の組屋敷を出た。

「菊太郎さん、何とお呼びすればいいんですかね。長月の旦那は、別にいるし……。

若旦那だと、店屋の若旦那みてえになっちまうし」

「いままでどおりでいい」

菊太郎が苦笑いを浮かべて言った。

「そうだ。若だけにしやしょう」

利助は、ひとりでうなずいた。

「勝手に呼んでくれ」

菊太郎と利助は、そんなやり取りをしながら歩いた。

ふたりは、日本橋本石町にむかった。まず、木村屋に立ち寄り、番頭の盛造からあらためて、話を聞いてみるつもりだった。

ところが、木村屋は番頭に会って事件の話を聞けるような状況ではなかった。店の半分ほど表戸があいていたが、葬式の準備をしているらしく、親戚、縁者と思われる者や奉公人たちが、忙しそうに出入りしている。

「利助、どうする」

菊太郎が訊いた。

「いま、店に入《へえ》って事件の話は聞けねえ。若、木村屋で話を聞くのは、葬式が終わって落ち着いてからにしやしょう」

利助が言った。

「せっかく来たのだ。富沢屋に行ってみるか」

「そうしやしょう」

菊太郎と利助は、富沢屋に足をむけた。

ふたりが富沢屋に入ると、番頭の益造が菊太郎と利助の姿を目にし、すぐに近付いてきた。

「まだ、何かお話が……」

そう言って、益造は戸惑うような顔をした。昨日とちがって、若い菊太郎が御用聞きらしい男を連れてきたからだろう。

「主人の豊蔵が殺された件で、あらためて話を聞きに来たのだ」

菊太郎が、益造を見つめて言った。菊太郎の物言いに、臆したところはなかった。一人前の町方同心のようである。一方、利助はもっともらしい顔をして、菊太郎の脇に控えている。

「どういうことでしょうか」

益造の顔から、戸惑いの色は消えなかった。

「新たなことが知れたのだ。それで、番頭からも話を聞いてみようと思い、あらためて足を運んできたのだ」

　菊太郎が、声をひそめて言った。

「そうですか。ともかく、お上がりになってください」

　益造は、菊太郎と利助を上げた。そして、昨日話をした座敷に菊太郎たちを案内した。

七

　益造は、菊太郎と利助が座敷に腰を下ろすのを待って、

「あるじが殺された件で、何か知れたことがあるのですか」

と、すぐに訊いた。まだ、顔には不審そうな色が残っている。

　菊太郎はいっとき、口をつぐんでいたが、

「あるじの豊蔵を斬ったのは、単なる辻斬りではないとみている」

と、益造のほうを見ながら言った。菊太郎は、隼人から豊蔵を殺したのは辻斬りではないらしい、という話を聞いていたのだ。

「だ、だれが、あるじを殺したのですか」

　益造が、驚いたような顔をして訊いた。

「それが分かれば、ここに来る前に下手人を捕らえにむかっている」

菊太郎はそう言った後、

「先日訊いたこととくり返しになるが、殺された豊蔵だが、生前、胡乱な武士に尾け狙われたと言っていたときのことを、もう一度思い出してみちゃあくれねえか」

と、益造に訊いた。

益造は、記憶をたどるようにいっとき虚空に視線をとめていたが、

「そう言えば、あるじが、暗くてよく分からなかったが、一月《ひとつき》ほど前お侍に跡を尾けられたことがあると、口にされたことがございます」

と、菊太郎に顔をむけて言った。益造の顔から、菊太郎に対する不審の色が消えている。菊太郎の話を信じたようだ。

「その侍のことで、何か口にしなかったか」

さらに、菊太郎が訊いた。

「それが、主人はお侍と言っただけで、人相も身装《みなり》も口にされませんでした」

「どこで、跡を尾けられたのだ」

「店を出て、中山道《なかせんどう》の方へ一町ほど歩いたところのようです」

益造が言った。

木村屋や富沢屋が面している通りは、中山道に通じていた。行き交うひとの多い通りである。

「何刻ごろだ」

「暮れ六ツ（午後六時）を過ぎて店仕舞いを終え、小半刻（三十分）ほど経《た》ったときでしょうか」

「豊蔵は、ひとりで店を出たのか」

「そうです。……近くに主人の親戚が住んでおりまして、そこに行く途中でした」

益造によると、豊蔵の妹が本石町二丁目にある足袋屋《たびや》に嫁いでいて、そこに行くために店を出たという。

「そのとき、豊蔵は跡を尾けてきた侍に襲われなかったのだな」

菊太郎が、念を押すように訊いた。

利助は菊太郎の脇に座し、感心したような顔をして聞いていた。若い菊太郎が、そつなく番頭から話を聞き出していたからだろう。

「襲われなかったようです。……主人の話だと、折よく供連れのお旗本が通りかかり、そのお旗本の後ろをついていったので、何事もなかったそうです」

益造が言った。

「そうか」

菊太郎は、いっとき黙考していたが、

「殺された豊蔵だが、だれかに恨みを買ったり、憎まれたりしていなかったか」

と、益造に目をやって訊いた。

「これといった話は、聞いておりません」

益造が小声で言った。

「これといった揉め事は、なかったのだな」

菊太郎が念を押すと、番頭は戸惑うような顔をし、

「主人が恨みを買うようなことはありませんでしたが、商売敵《がたき》はおりました」

と、小声で言った。

「同じ両替屋か」

「は、はい」

「店は、近所にあるのか」

「本石町二丁目です」

益造は、「どのような商いでも、商売敵はおりますので……」と言い添えた。他店のことは、あまり口にしたくなかったのだろう。

「店の名は」

菊太郎がさらに訊くと、

「川澄屋《かわすみや》さんです」

益造が、小声で言った。

「川澄屋か」

そう言って、菊太郎が口を閉じると、これまで黙って聞いていた利助が、

「これまで、川澄屋と何か揉め事はあったのかい」

と、益造に訊いた。

益造は言いにくそうな顔をして黙っていたが、

「主人が殺される半年ほど前、ちょっとした揉め事がありました」

と、声をひそめて言った。

「何があった」

すぐに、利助が訊いた。

「てまえは、主人から耳にしただけなので、詳しいことは存じませんが……」

「聞いてることだけで、いいぜ」

利助が話の先をうながした。

「主人が亡くなる半年ほど前のことですが、ならず者がふたり店に来まして、川澄屋を贔屓《ひいき》にしている客に手を出すような真似《まね》をしたら、あるじの命はない、と脅されました」

そう言って、益造が顔をしかめた。

「川澄屋の客に声をかけて、この店に引き込むようなことでもしたのかい」

利助が訊いた。

「そのような真似をしたことは、ございません」

益造は語気を強くして言った後、

「川澄屋さんを贔屓にしていた客が、てまえどもの店に来ることもあったでしょうが、反対に、てまえどもの店の客が、川澄屋さんに行くこともあったはずです」

と、言い添えた。

「まァ、同じ商いをしていれば、揉め事はあるだろうな。……だがな、余程のことがねえと、店の主人を殺すような真似はしねえはずだ」

そう言って、利助は身を引いた。

「手間を取らせたな」

菊太郎は腰を上げた。これ以上、益造から聞くことはなかったのだ。

「豊蔵が殺されたことで何か分かったら、知らせに来るぜ」

そう言い残し、利助も菊太郎につづいて座敷を出た。

八

「菊太郎、無理をするなよ」

隼人はそう言って、菊太郎を送り出した後、庄助《しようすけ》を連れて組屋敷を出た。

庄助は長月家に長年仕える小者《こもの》で、隼人が奉行所に出仕するとき、供をすることが多かった。

隼人の胸の内には、今日あたり、奉行の跡部から木村屋の主人と手代殺しの探索にかかわる話があるのではないかという思いがあった。

今月は、南町奉行所の月番ではなかった。奉行の跡部は、奉行所内の役宅にいるはずである。

江戸の町奉行所は南北にあり、一月ごとに月番があった。月番になると、毎日登城しなければならない。

隼人が奉行所内の同心詰所にいると、奉行の内与力《うちよりき》の横峰勝兵衛《よこみねかつべえ》が姿を見せた。内与力は他の与力とちがって奉行の家士《かし》のなかから選ばれ、奉行の秘書のような役割を担っている。奉行は内与力から、江戸市中で起こった事件や奉行所内の出来事を耳にすることが多いようだ。

横峰は隼人に身を寄せ、

「長月どの、お奉行がお呼びでござる」

と、小声で言った。横峰は同心詰所内にいる他の同心に聞こえないように気を遣ったらしい。

「お奉行は、役宅におられるのか」

隼人も小声で訊いた。

「そうです。……それがしに、同行していただきたいが」

横峰が言った。

「心得ました」

隼人は立ち上がった。

横峰は隼人を連れて同心詰所から出ると、奉行所の裏手にある奉行の住む役宅にむかった。

「こちらへ」

横峰は先にたち、役宅の長い廊下をたどって中庭に面した座敷に隼人を連れていった。

「ここで、お待ちくだされ。お奉行は、すぐにお見えになります」

横峰はそう言い残し、座敷から出ていった。

隼人は座敷に腰を下ろし、中庭に目をやりながら待つと、廊下を歩く足音がした。すぐに、障子があいて跡部が姿を見せた。

跡部は羽織に小袖姿だった。月番でなかったので、屋敷内で寛《くつろ》いでいたようだ。

隼人は跡部が座敷に腰を下ろすのを待って、時宜《じぎ》の挨拶《あいさつ》を述べようとすると、

「長月、堅苦しい挨拶はよい」

と、笑みを浮かべて言った。

「呉服屋のあるじと手代が、殺されたそうだな」

跡部が、声をあらためて訊いた。

跡部は痩身《そうしん》で、武芸とは縁のなさそうな華奢《きやしや》な体付きをしていたが、隼人を見つめた双眸《そうぼう》には、能吏《のうり》を思わせる鋭いひかりが宿っていた。

「はい」

隼人は自分からは何も言わず、跡部の次の言葉を待った。

「下手人は、知れているのか」

「噂では、下手人は武士のようです」

隼人は曖昧《あいまい》な物言いをした。隠密廻りは、奉行の指示があってから探索に当たることになっていた。事件の探索に当たらねば摑めないようなことは、迂闊《うかつ》に口にできないのだ。

「辻斬りか」

さらに、跡部が訊いた。

「辻斬りではないとみている者もいるようです」

「市中では、噂になっておろうな」

「はい、呉服屋のあるじと手代が殺されるという大きな事件のようですから」

「北町《きた》奉行所の同心たちも、探索に当たっておろう」

「当たっております」

「何としても、南町《みなみ》奉行所の手で下手人を捕らえたい」

跡部が語気を強くして言った。

「いかさま」

隼人の胸の内にも、善兵衛たちを殺した下手人は、南町奉行所の手で捕らえたいという強い思いがあった。

「長月、すぐに探索に当たれ」

跡部が語気を強くして言った。

「心得ました」

隼人が低頭して、立ち上がろうとすると、

「長月、待て」

跡部が声をかけた。

隼人はあらためて座り直した。

「下手人は、武士とのことだったな」

跡部が念を押すように訊いた。

「はい」

「これまでも長月には話してきたが、手に余らば、斬ってもよいぞ」

跡部が、隼人を見つめて言った。

跡部は隼人が、直心影流の遣い手であることを知っていた。それで、隼人に探索を命ずるとき、手に余らば、斬ってもよい、と口にすることがあったのだ。

通常、町方同心は下手人を生け捕りにすることが、求められていた。そのため、同心たちは、刃引きの長脇差《ながわきざし》を腰に帯びる者が多い。

ところが、隼人は切れ味の鋭い愛刀の兼定《かねさだ》を帯びることが多かった。そして、下手人が刀や長脇差などを手にして向かってくれば、己の身を守るために斬殺した。生け捕りにするときは、峰打《みねう》ちにすればいいのである。

「有り難きお言葉、かたじけなく存じまする」

隼人は深々と頭を下げた。

「頼むぞ、長月」

そう言って、跡部が立ち上がり、座敷から出ていった。

隼人は、廊下を遠ざかっていく足音を耳にしてから立ち上がった。

第二章　捜索

一

隼人は縁側に面した座敷で、おたえが淹《い》れてくれた茶を飲んでいた。五ツ（午前八時）ごろである。

隼人は出仕せずに、本石町四丁目にある木村屋に行くつもりだった。すでに、殺されたあるじの善兵衛と手代《てだい》の吉之助の葬儀は済んでいるはずなので、番頭の盛造に話を聞いてみようと思ったのだ。

菊太郎も、同行したい、と言ったので、連れていくつもりだった。菊太郎も、善兵衛のことで訊《き》きたいことがあるという。

そのとき、組屋敷の戸口で足音が聞こえた。声に昂《たかぶ》ったひびきがあった。だれか来たらしい。すぐに、廊下を歩く足音につづいて、おたえと男の声が聞こえた。男の声の主は、利助である。何かあったらしい。

隼人は湯飲みを置いて立ち上がると、すぐに廊下へ出た。そして、戸口で利助と顔を合わせたとき、背後から菊太郎が慌てた様子でやってきた。別の部屋にいた菊太郎も、利助の声を聞いたらしい。

「だ、旦那、殺《や》られやした！」

利助が、隼人の顔を見るなり言った。

「だれが、殺られたのだ」

隼人が訊いた。

「岡っ引きの安次郎《やすじろう》でさァ」

「安次郎な」

隼人は、安次郎という名を聞いたことがあるような気がしたが、顔は思い浮かばなかった。菊太郎は、黙っていた。安次郎を知らないようだ。

「北町奉行所《きたまちぶぎょうしょ》の岡島《おかじま》さまに、手札を貰《もら》っている男で」

利助が声高《こわだか》に言った。

「岡島宗三郎《そうざぶろう》どのか」

隼人は、岡島を知っていた。岡島は北町奉行所の定廻《じょうまわ》り同心だった。事件の現場で顔を合わせたときに話をすることもある。

「岡島さまも、行きやしたぜ」

　利助が、急《せ》かせるように言った。

「場所はどこだ」

　隼人は、行ってみようと思った。殺された安次郎という男は、木村屋と富沢屋の主人殺しの事件の探索に当たっていたにちがいない。

「三島町《みしまちょう》でさァ」

　利助によると、知り合いの岡っ引きから、安次郎が三島町で殺されたことを聞いたという。

「内神田《うちかんだ》か」

　隼人が訊いた。

「そうで」

「行ってみよう」

　隼人が言うと、

「おれも行きます」

　菊太郎が、身を乗り出して言った。菊太郎も、今度の事件とかかわりがあるとみたのだろう。

隼人と菊太郎が、戸口から出ると、

「おまえさん、菊太郎、気をつけて」

おたえが、男ふたりに声をかけた。心配そうな顔をしている。安次郎が殺されたという話を聞いたからだろう。

隼人たち三人は八丁堀を出ると、日本橋川にかかる江戸橋を渡り、入堀沿いの道を北にむかった。そして、紺屋町《こんやちょう》を過ぎて三島町に入ると、通りかかった岡っ引きらしい男に、

「安次郎親分が、殺《や》られた場所を知ってるかい」

と、利助が訊いた。

「この道を二町ほど行ったところだ」

男の話では、二町ほど行くと四辻《よつつじ》に突き当たるという。その四辻を右手に折れると、すぐに安次郎が殺された現場に着くそうだ。

「あそこですぜ」

利助が前方を指差して言った。

通りに、大勢のひとが集まっていた。通行人や近所の住人が多いようだが、岡っ引きや下っ引きらしい男の姿も目についた。八丁堀同心の姿もあった。事件の探索に当

たる定廻りや臨時廻り同心は、小袖《こそで》を着流し、羽織《はおり》の裾《すそ》を帯に挟む巻き羽織と呼ばれる独特の格好をしているので、遠目にもそれと知れる。

「北町《きた》奉行所の杉山《すぎやま》さんのようだ」

隼人は杉山を知っていた。事件現場で顔を合わせたとき、話をしたことがあったのだ。杉山は定廻り同心である。

隼人たちが、人だかりに近付くと、岡っ引きたちが「八丁堀の旦那だ！」「そこをあけろ」などと言って、身を引いた。

隼人たちが、路上に倒れている男のそばに近付くと、

「南町《みなみ》奉行所の長月さんか」

杉山が言った。

「岡っ引きの安次郎だな」

隼人が、死体に目をやって訊いた。

男は仰向《あおむ》けに倒れていた。苦しげに顔をしかめている。肩から胸にかけて斬られ、着物と肌が血で赭黒《あかぐろ》く染まっていた。辺りに血が飛び散っている。

「そうだ」

「下手人は、武士らしい」

安次郎の傷は、刀によるものだ、と隼人が小声で言い添えた。

「安次郎は、木村屋の善兵衛殺しを探っていたようだ」

杉山は、岡島宗三郎の名を出し、安次郎が手先だったことを言い添えた。

「そうか」

安次郎は、木村屋の善兵衛と手代を斬った者の手にかかったらしい、と隼人は思ったが、口にはしなかった。はっきりしなかったからだ。

「安次郎が殺されのは、昨夜《ゆうべ》だな」

隼人が訊いた。死者の肌の色の変化や体の硬直の程度などから、正確ではないが、死後どのくらい時間が経《た》ったか分かるのだ。

隼人は菊太郎に声をかけ、その場を離れた。これ以上、安次郎の死体を見ていても、下手人をつきとめる手掛かりになるようなものは得られない、と思ったからだ。

二

隼人たちは人だかりから離れると、

「父上、どうします」

すぐに、菊太郎が訊いた。

「菊太郎ならどうする。このまま、八丁堀に帰るか」

「近所で、聞き込んでみます。安次郎を殺した男を見た者がいるかもしれません」

菊太郎が、身を乗り出して言った。

「よし、この場で分かれ、聞き込みに当たろう」

隼人は、菊太郎と利助に目をやって言った。

隼人たち三人は、一刻（二時間）ほどしたら、この場にもどることにして分かれた。別々に聞き込んだ方が、埒《らち》が明《あ》くとみたのである。

ひとりになった菊太郎は、通り沿いにある八百屋や下駄屋《げたや》などに目をやった。安次郎は暗くなってから殺されたらしいので、そのときの様子を見た者はいないだろうが、悲鳴や物音を聞いた者がいるかもしれない。

……下駄屋で訊いてみよう。

菊太郎は、下駄屋の店先にいる親爺《おやじ》に目をとめた。

親爺は、店先に置かれた台の上の下駄を並べ替えていた。赤や紫などの鼻緒が、鮮やかだった。娘や年増《としま》などが、下駄に目をやりながら通り過ぎていく。

菊太郎は親爺に近寄り、

「訊きたいことがある」

と、声をかけた。

「何です」

親爺は、戸惑うような顔をした。若い武士に、いきなり声をかけられたからだろう。菊太郎は八丁堀の同心ふうの身装《みなり》ではなく、小袖に袴《はかま》姿だった。

「この先で、御用聞きが殺されたのだが、知っているか」

菊太郎は、懐《ふところ》に忍ばせてきた十手を取り出して見せた。

「知ってやすが、お侍さまは御奉行所の方ですかい」

親爺が、声をあらためて訊いた。若い菊太郎が、町方同心には見えなかったのだろう。

「そうだ。……殺された御用聞きを見たことがあるか」

菊太郎は、事件のことに話をもどした。

「ありやす。うちの店にも来ました」

「御用聞きと、話をしたのか」

菊太郎が身を乗り出して訊いた。

「へい」

「どんな話をした」

「親分さんに、この辺りに牢人《ろうにん》が住んでないか、訊かれやした」

「それで、牢人は住んでいるのか」

すぐに、菊太郎が訊いた。殺された安次郎は、善兵衛や豊蔵殺しにかかわった牢人の居所をつきとめるために訊いたにちがいない。

「この近くに、お侍は住んでませんな」

「住んでないのか」

菊太郎は、がっかりした。

「へい」

親爺は、「通りかかるのを何度か見たことはありやす。……この先に、住んでるのかもしれねえ」そう言って、道の先を指差した。

「武士は供を連れていたか」

菊太郎が、畳み掛けるように訊いた。

「ひとりでした。牢人のように見えやした」

「そうか」

菊太郎がうなずいた。

「手間をかけたな」

菊太郎は親爺に礼を言って、店先から離れた。

それから、菊太郎は通りを歩き、目についた店に立ち寄って下駄屋の親爺が口にした牢人ふうの武士のことを訊いたが、新たなことは分からなかった。

菊太郎が分かれた場所にもどると、利助の姿はあったが、隼人はまだだった。ふたりが路傍《ろぼう》に立っていっときすると、隼人が足早にもどってきた。

「待たせたか」

隼人が荒い息を吐きながら言った。

「来たばかりです」

菊太郎が言うと、利助もうなずいた。

「それで、何か知れたか」

隼人が、ふたりに目をやって訊いた。

「安次郎はこの辺りで牢人を探っていたようです。近くに牢人は住んでないそうですが、この先に住まいがあるかもしれません」

菊太郎が、通りの先を指差して言った。

「あっしも、聞きやしたぜ。この先に、胡乱《うろん》な牢人が住んでいるようでさァ」

利助が、身を乗り出して言い添えた。

「おれも聞いたぞ。……その牢人は、ちかごろ金遣いが荒く、吉原にも顔を出すらしいな」

　隼人はそう言った後、

「牢人は、金蔓《かねづる》をつかんだとみていいだろう。善兵衛や豊蔵殺しにかかわったのかもしれん」

　と、菊太郎と利助に目をやって言った。

「あっしも、そんな気がしやす」

　利助が言い添えた。

「その牢人を、もうすこし探ってみるか」

「はい！」

　菊太郎が声を上げた。

　隼人たち三人は、通りの先にむかった。しばらく歩くと、通り沿いの店はすくなくなり、仕舞屋《しもたや》や借家ふうの建物が目につくようになった。

　先を歩いていた隼人が、路傍に足をとめ、

「この辺りで、聞き込んでみるか」

　と、通りに目をやって言った。

三

「また、別々になって聞き込みに当たりますか」

菊太郎が、意気込んで訊いた。

「いや、牢人の住家は、すぐに知れるはずだ。おそらく、長屋か借家であろう。武士が住んでいると、目立つからな」

隼人は、菊太郎と利助に、「ここで、待て」と言い残し、通り沿いにあった草履屋《ぞうりや》にたち寄った。

隼人は草履屋の親爺と何やら話していたが、すぐに菊太郎たちのいる場にもどってきた。

「牢人の住む家が、知れたぞ。この先だ」

そう言って、隼人は先にたって歩き出した。

一町ほど、歩いたろうか。隼人が路傍に足をとめ、

「そこの板塀をめぐらせた家らしい」

と、指差して言った。

同じ造りの家が、二棟並んでいた。二棟とも表戸がしめてある。

「借家のようだ」

隼人は、二棟のうちのどちらかに牢人が住んでいるとみた。

「向こうから歩いてくる女に訊いてみやすよ」

そう言って、利助がその場を離れた。

母親らしい女が、まだ四、五歳と思われる男児の手を引いて歩いてくる。

利助は女となにやら話していたが、すぐに踵《きびす》を返してもどってきた。そして、子供連れの女が通り過ぎるのを待って、

「手前の家に、牢人らしい男が住んでるそうですぜ」

利助が聞いた話によると、もうひとつの家には屋根葺《ふ》き職人の家族が住んでいるという。

「牢人はいるかな」

隼人が言った。

「近付いてみますか」

菊太郎が意気込んで言った。

「行ってみよう」

隼人は、牢人が借家にいれば、この場で捕らえてもいいと思った。まだ、善兵衛や

豊蔵殺しにかかわったかどうかはっきりしないが、叩《たた》けば埃《ほこり》の出る男にちがいない。

隼人たちは通行人を装って、借家に近付いた。そして、手前の家の前まで行って足をとめた。家のなかから物音は聞こえず、ひとのいる気配もない。

隼人たちは、すぐに家の前から離れた。

隣の家からは、女と子供の声が聞こえた。母親が、男児と話しているらしい。隼人たちは歩調を緩めずに通り過ぎ、半町ほど歩いてから路傍に足をとめた。

「牢人は留守のようだ」

隼人が、菊太郎と利助に目をやって言った。

「どうしやす」

利助が訊いた。

「せっかく来たのだ。近所で、聞き込んでみるか。近所に住む者なら、牢人のことを知っているはずだ。……近所といっても、借家からすこし離れた所で訊いた方がいいな。牢人に、おれたちが探ったことを気付かれたくないからな」

隼人たちは、さらに一町ほど歩いて路傍に足をとめた。

「小半刻(三十分)もしたら、この場にもどってくれ」

隼人がそう言い、三人はその場で分かれた。

ひとりになった隼人は、さらに通りを歩き、道沿いにあった搗《つ》き米屋《ごめや》の前まで来た。店の親爺が唐臼《からうす》を前にして一休みしている。

隼人は店の戸口に近付き、

「訊きたいことがある」

と、親爺に声をかけた。

「あっしですかい」

親爺は慌てた様子で立ち上がり、隼人のそばに来た。

「この先に、借家が二軒あるな」

隼人が借家のある方を指差した。

「ありやす」

「借家に牢人が住んでいると聞いてきたのだが、留守らしい」

隼人は、町方の者だ、と小声で言い添えた。親爺が警戒するような目で、隼人を見たからだ。

「あの家のお侍は、留守にするときが多いようですぜ」

親爺の顔から、警戒の色が消えている。

「牢人は、独り暮らしか」

うでさァ」


「そう聞いてやす」

「ふだんは、何をしているのだ」

「分からねえ。剣術の道場に通っていたと聞きやしたが、いまはぶらぶらしているよ
親爺が、眉を寄せて言った。牢人のことをよく思っていないらしい。

「剣術道場に通っていたのか」

隼人が身を乗り出して訊いた。

「剣術は強《つえ》えそうですぜ」

「うむ……」

そのとき、隼人の脳裏に斬殺された安次郎のことが浮かんだ。安次郎は肩から胸にかけて斬られていた。一太刀で、仕留められていたことからみて、腕のたつ武士の手にかかったとみていいだろう。借家に住む牢人に斬られたのかもしれない。

「牢人の名を聞いているか」

「名は聞いていやせん」

親爺が首をすくめて言った。

それから、隼人は牢人の仲間のことも訊いてみたが、親爺は知らなかった。隼人は

さらに別の店にも立ち寄って話を聞いたが、新たなことは分からなかった。

隼人が分かれた場所にもどると、菊太郎と利助が待っていた。

「どうだ、歩きながら話すか」

隼人がふたりに声をかけ、来た道を引き返した。

ふたりは、黙って隼人の後についてくる。

四

隼人は搗き米屋の親爺から聞いたことを話した後、

「牢人の名は、知れたか」

と、菊太郎と利助に目をやって訊いた。

「知れやした。浅野《あさの》源九郎《げんくろう》でさァ」

利助が声高に言った。

「浅野源九郎か。初めて聞く名だな」

隼人が言うと、菊太郎もうなずいた。ふたりとも、浅野源九郎の名を聞くのは初めてらしい。

「浅野のことで、何か知れたか」

隼人が訊くと、

「父上、浅野は剣の遣《つか》い手のようです」

菊太郎が昂った声で言った。

「何流を遣うのだ」

「流派は分かりませんが、長く剣術の道場に通っていたようです」

菊太郎によると、通りを歩いていた牢人体《てい》の男から聞いたという。その男は、浅野と飲み屋で顔を合わせていっしょに飲んだことがあり、浅野が話していたのを聞いたことがあるそうだ。

「侮れない相手だな」

そう言って、隼人は利助に目をやった。

「あっしも、浅野が剣術道場に通っていたことは聞きやした。それに、浅野が大柄な武士と歩いているのを見たという者がいやした。……そいつが、仲間かもしれねえ」

利助が昂った声で言った。

「その男の名は、訊いたか」

「訊きやしたが、だれも知らねえんでさァ」

利助が肩を落として言った。

「いずれにしろ、だいぶ見えてきたな」

隼人は、浅野と大柄な武士が、此度《こたび》の件にかかわっているとみた。

隼人たちは来た道を引き返し、岡っ引きの安次郎が殺されていた場所の近くまで来た。現場には、さらに多くの人が集まっていた。御用聞きや下っ引きたちが、話を聞いて現場に駆け付けたらしい。

隼人たち三人は、現場を通り過ぎた。その場で、聞き込みに当たる気はなかったのだ。三人が人だかりから離れたところで、

「長月の旦那、豆菊《まめぎく》に寄ってもらえませんか」

と、利助が隼人に声をかけた。

豆菊は、紺屋町にある小料理屋だった。利助の家でもある。利助は綾次《あやじ》という下っ引きを使っていたが、事件がないときは、綾次とともに豆菊を手伝っている。

利助は隼人たちといっしょに探索に当たるとき、綾次を連れ歩くことは滅多になかった。利助自身が、隼人や菊太郎の指図で動いていたからだ。

隼人は豆菊を贔屓《ひいき》にしていて、近くを通りかかったときは、店に寄ることが多かった。隼人が豆菊を贔屓にしているのは、それなりの理由があった。

隼人は同心になったばかりの若いころから長い間、「鉤縄《かぎなわ》の八吉」と呼ばれる腕利

きの八吉とともに、探索に当たってきた。八吉に助けられたことも少なくなかった。その八吉が歳《とし》を取って岡っ引きの足を洗ったとき、女房のおとよといっしょに本格的に豆菊をやるようになったのだ。

子供のない八吉は引退するおり、下っ引きだった利助を養子にもらい、隼人に頼んで、岡っ引きを継がせたのである。

鉤縄というのは、特殊な捕物道具で、大勢いる岡っ引きのなかでも八吉だけが遣っていた。鉤縄は、細引《ほそびき》の先に熊手のような鉄製の鉤がついている。それを相手に投げ付けて相手の着物に引っ掛け、引き寄せて捕らえるのだ。また、鉤は強力な武器にもなった。相手の顔や頭に投げ付けて斃《たお》すのである。

「店に寄らせてもらうか」

隼人は腹が減っていたので、茶漬けでも食べようと思った。

利助が先にたって豆菊の暖簾《のれん》をくぐると、奥で「いらっしゃい」という八吉の声がした。そして、下駄の音とともに奥の板場から八吉が顔を出した。

「菊太郎さんも、ごいっしょですかい」

八吉が笑みを浮かべて言った。

八吉は、ずんぐりした体軀《たいく》だった。猪首《いくび》で、目がギョロリとしている。岡っ引きだったころは凄《すご》みがあったが、今は好々爺《こうこうや》を思わせる穏やかな顔である。

「ちかごろ、菊太郎も探索に当たることが多くなってな。今日も、おれといっしょに現場を踏んできたのだ」

隼人が、照れたような顔をして言った。

「すぐに、旦那と並ぶような腕のいい町方になりやすぜ」

八吉はそう言った後、隼人と菊太郎を小上がりに腰を下ろさせ、

「何にしやす」

と、小声で訊いた。

利助は、その場を離れ、板場に入っている。

「腹が減ったのでな。茶漬けを頼みたいのだ」

隼人が言った。

「おとよに話してきやす」

八吉は、すぐに板場にもどった。

八吉はいっとき板場に入ったままだったが、盆に湯飲みを載せて持ってきた。隼人たちに茶を淹れてくれたらしい。

隼人は茶を飲んで喉を潤すと、

「今度の事件は、二本差しがかかわっていてな。御用聞きが、ひとり殺されたのだ。利助にも、迂闊《うかつ》に手を出さないように話しておいてくれ」

と、八吉に頼んだ。

「後で話しておきやすよ」

八吉が目を細めて言った。

そんなやり取りをしているところに、おとよが板場から出てきた。手にした盆に丼が二つ載っていた。

おとよも、年配だった。樽《たる》のようにでっぷりしている。若いころは、美人だった、と八吉は口にするが、いまは見る影もない。色気もないが、心根は優しく、利助にとってはいい母親らしい。

おとよは、隼人たちの前に茶漬けの丼を置きながら、

「いつも、利助がお世話になってます」

と言って、頭を下げた。

それからいっときして、隼人は茶漬けを食べ終えると、

「また、明日から、利助の手を借りることになる」

と、八吉に言ってから腰を上げた。

五

「父上、今日はどこに行きます」

　菊太郎が訊いた。

　隼人と菊太郎は八丁堀の組屋敷の座敷にいた。朝餉《あさげ》を食べ終え、探索に出掛けるための支度をしていた。今日は、ふたりとも八丁堀ふうの格好ではなく、羽織に袴姿で二刀を帯びた。八丁堀の同心と知れないようにしたのだ。

「浅野源九郎の身辺を探ってみる」

　隼人は、もう一度、三島町にある浅野の住む借家に当たってみようと思っていた。浅野を捕らえれば、他の仲間のことも知れるとみたのだ。

「浅野はいますか」

「行ってみねば、分からぬ」

　隼人は、いない可能性の方が高いとみていた。ただ、近所で聞き込めば、行き先をつきとめる鍵になるような話が聞けるかもしれない。

「利助も、いっしょですか」

「そのつもりだ」

隼人が言った。利助は、御用聞きの安次郎が殺された辺りで待っていることになっていた。いまごろ、豆菊を出ているだろう。

隼人と菊太郎は支度を終えると、おたえに見送られて組屋敷を出た。曇天《どんてん》だった。空は雲で覆われている。

「父上、雨になるかもしれませんよ」

菊太郎が言った。

「どうかな」

隼人は、雲が薄いので降っても小雨ではないかと思った。

隼人と菊太郎は八丁堀を出ると、日本橋川にかかる江戸橋を渡って北にむかい三島町に入った。そして、安次郎が殺された辺りまで来ると、路傍で利助が待っていた。

通りには、行き交うひとの姿があった。足をとめずに、通り過ぎていく。安次郎の遺体は、残っていなかった。昨日のうちに、家族に引き取られたのだろう。

「まず、浅野の住む借家に行ってみるか」

隼人が先にたって、借家にむかった。

前方に板塀をめぐらせた借家が二棟並んでいるところまで来ると、隼人たちは路傍に足をとめた。

「ふたりは、ここにいてくれ。おれが様子を見てくる」

そう言い残し、隼人はひとりで借家にむかった。

隼人は、通行人を装って二棟並んでいる手前の借家に近付いた。八丁堀ふうの身装《みなり》ではないので、浅野の目にとまっても町方の同心とは思わないだろう。

借家は、ひっそりとしていた。物音も人声も聞こえない。

……留守のようだ。

隼人は胸の内でつぶやき、その場で踵を返した。

そして、菊太郎と利助のそばにもどり、

「浅野はいない」

と、はっきりと言った。

「おれたちに居所をつかまれたと知って、姿を消したのかな」

菊太郎が、借家に目をやりながら言った。

「どうかな」

浅野は安次郎が近くまで来て探っていたことを知って、警戒しているのだろう、と隼人はみた。

「帰りますか」

菊太郎が言った。

「せっかくここまで来たのだ。近所で聞き込んでみよう。浅野の行き先を知っている者がいるかもしれん」

隼人は菊太郎と利助に、昨日とは別のところで訊いてみるよう話した。

ひとりになった隼人は、借家の前を通り過ぎると、すぐに路傍に足をとめた。そして、通りの左右に目をやった。

借家から半町ほどしか離れていない場所に八百屋があった。店の親爺らしい男が、子供連れの女と話している。

隼人は、その親爺に訊いてみようと思った。隼人が店先に近付くと、女が振り返って隼人の姿を目にし、

「また、来るね」

と、親爺に声をかけ、子供の手を引いて店先から離れた。

隼人が店に近付くと、

「あっしに、何か御用でも」

親爺が、腰を屈《かが》めて訊いた。

「訊きたいことがあるのだ。手間はとらせぬ」

隼人はそう言った後、

「あの借家に武士が住んでいるのだが、知っているか」

と、借家を指差して訊いた。

「知ってやす」

「所用があって訪ねてきたのだが、留守のようなのだ」

「そうですかい」

「どこへ出掛けたか知らないか」

「さァ、分かりませんね」

親爺はそう言った後、

「昼めしにはすこし早《はえ》えが、めしでも食いに行ったのかもしれませんよ。借家に住んでいるお侍は、独り暮らしのせいか、めしどきになると出掛けることが多いようで」

と、言い添えた。

「近くに、めしを食うような店でもあるのか」

「この道をしばらく歩くと、四辻がありやす。その角の一膳めし屋に寄ることが多いようでさァ」

「一膳めし屋な」

隼人は親爺に礼を言って、店先から離れた。

隼人は通りを歩き、親爺から聞いた一膳めし屋に入って、小女《こおんな》に浅野のことを訊いてみた。

小女は浅野を知っていたが、店には来ていなかった。

「浅野は、この店によく来るのか」

隼人が小女に訊いた。

「よくみえますけど、ここ何日か姿を見掛けません」

そう言って、小女は首を捻《ひね》った。

「そうか」

浅野は、借家を出たのかもしれぬ、と隼人は思った。

それから、近くにあった他の店にも寄って浅野のことを訊いてみたが、ここ数日浅野の姿を見掛けた者はいなかった。

隼人が借家の近くにもどると、菊太郎の姿はあったが、利助はいなかった。ふたりが路傍に立っていっとき待つと、利助が走ってきた。

「ま、待たせちまって、申しわけねえ」

利助が、荒い息を吐きながら言った。顔が汗でひかっている。

隼人は利助の息が静まるのを待ち、

「おれから話そう」

と言って、話を聞いた近所の者は、ここ数日、浅野の姿を見ていないことをふたりに話した。

「おれが話を聞いた男は、数日前、浅野が他の武士と話しながら歩いているのを目にした、と言ってました」

菊太郎が、身を乗り出すようにして言った。

「その武士は、何者かな」

隼人が訊いた。

「武士の名や身分を訊いてみたんですが、大柄な男ということだけしか分かりませんでした」

「そうか」

隼人は、脇に立っている利助に、「何か知れたか」と訊いた。

「あっしは、浅野の情婦《いろ》のことを耳にしやした」

利助が、意気込んで言った。

「話してくれ」

「通り沿いにあったそば屋の主人から、聞いたんですがね。浅野は、そのそば屋を贔屓にしていて、情婦を連れてくることもあったそうでさァ」

「どこに、その情婦をかこっているか知れたか」

隼人は、情婦の居所が知れれば、浅野の居所もつかめると思った。

「情婦は小料理屋の女将《おかみ》のようです」

利助が言った。

「その小料理屋は、どこにある」

「小柳町《こやなぎちょう》と聞きやした」

「近所だな。……小柳町のどこか、分かるか」

小柳町は、三島町の隣町である。ただ、小柳町は、一丁目から三丁目まであるひろい町だった。小柳町と分かっただけでは、探すのがむずかしい。

「二丁目にある、小鈴《こすず》ってえ、粋《いき》な名の店のようで」

利助が言い添えた。

「小鈴な」

隼人は、それだけ分かれば、浅野の情婦がやっている小料理屋はつきとめられるとみた。

六

隼人たち三人は、小柳町にむかった。三島町から小柳町は近かったので、手間はかからない。

三人は小柳町二丁目に入ると、通りかかった近所の住人らしい男に、小鈴という小料理屋がどこにあるか訊いたが、すぐには分からなかった。

三人はさらに歩き、ふたり連れの遊び人ふうの男が通りかかったので、隼人が訊くと、「小鈴という店かどうか知らねえが、この道を二町ほど歩くと、一膳めし屋がありやす。その斜向《はすむ》かいに、小料理屋がありまさァ」

ひとりの男が、教えてくれた。

隼人たちは、さらに歩いた。そして、二町ほど歩いたとき、

「そこに、小料理屋らしい店がありやす」

利助が、一膳めし屋の斜向かいにある店を指差して言った。

店の入口が、洒落《しやれ》た格子戸になっていた。店はひらいているらしく、暖簾が出ていた。店の間口は狭いが、二階建てだった。二階に客を上げるとは思えない。おそらく、店の者が寝起きする座敷があるのだろう。

「近付いてみよう」

隼人たちは、通行人を装って店の入口に近付いた。

入口の脇の掛看板に、「御料理　小鈴」と書いてあった。隼人たちは店の前を通り過ぎ、半町ほど歩いてから路傍に足をとめた。

「あの店が、小鈴だ」

隼人が振り返って言った。

「浅野は来ているかな」

菊太郎は、小鈴に目をやった。

「客がいるようですぜ」

利助が、店のなかから男と女の話し声が聞こえたことを口にした。

「女は女将だろう。……男は武士らしい物言いだったか」

隼人が利助に訊いた。

「はっきり聞こえなかったんで分からねえが、武士の言葉ではないような気がしやした」

そう言って、利助は首を捻った。

隼人たち三人は、路傍に立って小鈴に目をやっていたが、

「父上、どうします」

と、菊太郎が訊いた。

「ここで、小鈴を見ていても、浅野のことは知れないな」

「近所で聞き込んでみますか」

「いや、浅野が小鈴に来ているかどうか、近所で訊いても分かるまい」

隼人がそう言って首を傾げたとき、小鈴の入口の格子戸があいた。

姿を見せたのは、遊び人ふうの男と年増《としま》だった。客と女将らしい。ふたりは、入口のところで何やら話していたが、

「嫌ですよ、この男《ひと》」

と、女将が声を上げ、男の肩先を叩《たた》いた。男が、卑猥《ひわい》なことでも口にしたらしい。

男は笑い声を上げた後、

「また、来るぜ」

と、言い残し、ひとりで通りへ出た。

男はふらつく足で、店から離れていく。女将は店先で男を見送っていたが、男が離れると、踵を返して店にもどった。

「あっしが、あの男に訊いてきやす」

そう言い残し、利助が男の後を追った。

隼人と菊太郎はその場に残って、利助の後ろ姿に目をやっている。

利助は男に近付くと、

「ちょいと、すまねえ」

と、声をかけた。

男は足をとめて振り返り、

「おれに何か用かい」

と、不審そうな顔をして訊いた。顔が酒で赭黒《あかぐろ》く染まっている。

「いま、小鈴から兄いが、出てきたのを見掛けやしてね。兄いなら、知ってると思って声をかけたんでさァ」

利助が、もっともらしい顔をして言った。

「何の話だ」

男が不機嫌そうな顔で訊いた。

「あっしが、昔世話になった浅野の旦那が、小鈴にいると聞いて来たんですがね。店のなかで、二本差しを見掛けやしたか」

利助が、浅野の名を出して訊いた。

男は戸惑うような顔をしたが、

「いまは、いねえよ」

と、声をひそめて言った。男は、浅野のことを知っているようだ。浅野が情夫《いろ》として小鈴に出入りしているとき、話でもしたのかもしれない。

「ちかごろ、小鈴にいることが多いと聞いて来たんだが、いねえんですかい」

利助は、がっかりしたような顔をして見せた。

「いまはいねえが、このところ、よく顔を見せるようだぜ」

そう言って、男は歩き出した。

利助は男と並んで歩きながら、

「浅野の旦那が、いねえんじゃァ出直すか」

そう言って、足をとめた。

すると、男も足をとめ、

「おめえ、浅野の旦那と何かかかわりがあるのかい」

と、訊いた。顔に、疑念の色がある。

「でけえ声じゃァ言えねえが、ちょいと前まで浅野の旦那に頼まれて使いをしてたことがあるのよ。ちかごろ、浅野の旦那の懐が温かいと聞いたんで、何か用があればと思って来たんだが、出直すか」

そう言って、利助は足をとめた。

「明日、店を覗《のぞ》いてみな」

男はそう言い残し、利助から離れた。

利助は踵を返し、隼人たちのそばにもどると、男とのやり取りをかいつまんで話した後、

「店に浅野はいねえが、明日は来るかもしれねえ」

と、言い添えた。

「明日、出直すか」

隼人が、利助と菊太郎に目をやって言った。

七

「ふたりとも、無理をしないで」

おたえが、戸口で隼人と菊太郎に声をかけた。

隼人と菊太郎が、組屋敷から出るところだった。小柳町に出掛けた翌朝である。ふ

たりは、これからまた小柳町二丁目に行き、小鈴に浅野が姿を見せたら捕らえるつもりだった。浅野を捕らえて訊問《じんもん》すれば、他の仲間のことも知れるとみたのだ。

「おたえ、心配するな。無理はせぬ」

隼人がそう言って、戸口から木戸門の方へ歩きかけたときだった。

木戸門があいて、利助が飛び込んできた。ひどく慌てている。

「どうした、利助」

隼人が声をかけ、木戸門に近付いた。菊太郎も、驚いたような顔をして隼人についてきた。

「や、殺《や》られやした！」

利助が声をつまらせて言った。

「だれが、殺られたのだ」

隼人が訊いた。

「や、薬種《やくしゅ》問屋の旦那でさァ」

「場所はどこだ」

そのとき、隼人の脳裏に、木村屋の善兵衛と富沢屋の豊蔵のことがよぎった。薬種問屋の主人も、同じ下手人の手にかかったのではあるまいか。

「本町《ほんちょう》三丁目の表通りでさァ」

利助が声高に言った。

「本町へ行くぞ」

隼人は、小柳町に行くのは後だ、と言い添えた。

隼人たち三人は組屋敷を出ると、日本橋川にかかる江戸橋を渡り、入堀沿いの道を北にむかった。

奥州街道に突き当たると、西にむかった。そして、いっとき歩くと、本町三丁目に出た。この辺りは薬種屋や薬種問屋が多く、店の脇に立てられた薬種名の書かれた立看板が目についた。

「旦那、あの店ですぜ」

利助が指差した。

土蔵造りの大店《おおだな》の前に人だかりができていた。店の脇の立看板に、「喜応丸室田《きおうがんむろた》屋《や》」と書いてあった。喜応丸は、室田屋が独自に売り出している薬であろう。

人だかりは通行人が多いようだが、岡っ引きや下っ引きの姿もあった。八丁堀同心の姿は見当たらなかったが、店内に入っているのかもしれない。

店の表戸はしまっていたが、脇の二枚だけあいていた。そこが店の出入り口になっているらしい。

隼人たちが出入り口に近付くと、近くに立っていた岡っ引きたちが、「八丁堀の旦那だ」「前をあけろ」などと声をかけた。すると、数人の男が出入り口から身を引き、隼人たちを通してくれた。

店に入ると、土間の先が広い畳敷きの売り場になっていた、右手には何段もの薬種を入れた引き出しが並び、売り場の奥までつづいている。また、正面の棚には、薬研《やげん》が並んでいた。

売り場の座敷にはすでに岡っ引きたちがいて、店の奉公人らしい男と何やら話をしていた。恐らく殺された店の主人のことを訊いているのだろう。

左手の奥が帳場になっていて、八丁堀同心がふたりいた。ひとりは、天野だった。もうひとりは横顔しか見えないので、だれかはっきりしなかった。天野ともうひとりの同心は、帳場格子の前で番頭らしい年配の男から話を聞いていた。

隼人は天野たちのいる場に近付く前に、近くにいた手代らしい男を目にとめ、

「店の奉公人か」

と、声をかけた。

「は、はい、手代の政次郎《まさじろう》でございます」

政次郎が、声を震わせて名乗った。

菊太郎と利助は店内に入ると隼人から離れ、店の奉公人をつかまえて話を聞いている。

「あるじが殺されたそうだな」隼人が訊いた。

「は、はい、昨夜《ゆうべ》……」

「あるじの名は」

「喜兵衛《よしべえ》です」

「殺されたのは、ひとりか」

「そうです」

「どこで、殺された」

「店の近くです」

政次郎によると、昨夜、五ツ（午後八時）ごろ、喜兵衛は店の前の通りで、何者かに斬り殺されたという。

「どこかへ出掛けた帰りか」

「そ、そうです。町医者をしている伯父《おじ》上の家に出掛けた帰りに……」

殺された喜兵衛は、伯父の家に自分で薬種をとどけることがある、と政次郎が声をつまらせて話した。

「喜兵衛は、何か奪われたのか」

「手前には、分かりません」

政次郎が肩を落として言った。

「また、後で話を聞かせてもらうかもしれん」

隼人はそう言い残し、天野たちのいる場に足をむけた。

隼人が天野に近付くと、「長月さん、ここへ」と言って、身を引いた。隼人は天野の脇に立ち、

「おれからも訊いていいか」

と、天野のそばにいた男に目をやって訊いた。男は、北町奉行所の定廻り同心の増《ます》峰安造《みねやすぞう》だった。隼人は増峰の顔と役柄を知っているだけで話したことはなかった。

「訊いてください」

天野が言うと、増峰は黙ってうなずいた。

八

隼人は、天野の前にいた男の前に立った。男は顔が青褪《あおざ》め、体が顫《ふる》えていた。五十

がらみであろうか。ほっそりして、顎《あご》がとがっている。

「番頭か」

と、小声で訊いた。

「は、はい、番頭の重五郎《しげごろう》でございます」

重五郎が、声をつまらせて言った。

「同じことを訊くかもしれんが、答えてくれ」

「は、はい」

「殺されたあるじの喜兵衛は、何か奪われたのか」

「持って出たはずの財布が、ありませんでした」

重五郎が、小声で言った。

「他に、なくなった物は」

「ないと思います」

「これまでも、喜兵衛は命を狙われたことがあるか」

「命を狙われるようなことは……」

重五郎はそう言った後、いっとき視線を膝先に落として考え込んでいたが、

「み、三月《みつき》ほど前のことですが、主人が牢人ふうの男に跡を尾《つ》けられたと話したこと

がございます」

　と、声を震わせて言った。

「喜兵衛は、その牢人の名を口にしたか」

「いえ、主人は牢人の名も知らないし、顔を見るのも初めてだと申しておりました」

「そうか」

　隼人はすこし間をおいてから、

「ところで、この店と他の店の間で、何か揉《も》め事はなかったかな」

　と、声をあらためて訊いた。

「これといった揉め事は……」

　重五郎は、そう言っていっとき口をつぐんだが、

「商いをしていれば、どの店にもあることでしょうが、他店《よそ》との間で、ちょっとした揉め事がございました」

　と、声をひそめて言った。

「話してくれ」

「三月ほど前、同じ薬種問屋の松永屋《まつながや》との間で、いざこざが……」

「松永屋は近くにあるのか」

「店は同じ本町三丁目ですが、二丁目に近いところにございます」

「どんな揉め事だ」

隼人が、さらに訊いた。

「てまえどもで、十年ほども前から売り出しております喜応丸を真似《まね》て、松永屋は喜《き》応丹《おうたん》という名の薬を売り出したのです。しかも、うたっている効能は同じで、薬価は半値ほどでして……。その御陰で、店の客はだいぶ松永屋さんに流れました」

重五郎は顔をしかめて話した。

「それで、どうした」

隼人は、話の先をうながした。

「あるじは、放っておけ、薬は効き目が大事だ。名を真似ただけで効き目がなければ、すぐに客は離れると申し、何もしませんでした」

「喜兵衛の言うとおりだな」

「あるじの申したとおり、いっとき喜応丸の売れ行きは落ちましたが、すぐに以前と同じように売れるようになりました。……すると、松永屋は喜応丹の看板を下ろしたのです」

「その後、松永屋との揉め事は、なかったのか」

隼人が、重五郎を見つめて訊いた。

「このところ、松永屋さんとの揉め事はございません。ですが、殺される前、あるじは牢人ふうのお侍に、跡を尾けられたらしいのです」

重五郎が眉を寄せて言った。

「その牢人ふうの武士は、何者か分からないのか」

隼人が、身を乗り出すようにして訊いた。隼人の胸の内に、木村屋の善兵衛や富沢屋の豊蔵の殺しにかかわった武士のことが過《よぎ》ったのだ。

「分かりません」

重五郎はそう言った後、いっとき間を置き、

「あるじは牢人ふうのお侍に跡を尾けられる前、暗がりではっきりしないが、天狗《てんぐ》のような顔をした者を見たと申しておりました」

と、首をひねりながら言った。主人が、暗がりで見まちがったと思ったのかもしれない。

「天狗だと！」

隼人は、思わず声を上げた。同じ下手人にまちがいない、と確信した。木村屋の番頭の盛造から、殺された主人の話として、天狗の面をかぶった男に跡を尾けられたと

聞いたのを思い出したのだ。

「喜兵衛が殺される前だが、天狗のことで、他に話したことはないか」

隼人が訊いた。

「ございませんが……」

重五郎は戸惑うような顔をした。

「ところで、松永屋のあるじの名は」

「藤八郎《とうはちろう》さんです」

「そうか」

隼人は、「また、訊きに来ることが、あるかもしれん」と言い残し、その場から身を引いた。

隼人は店内にいた菊太郎と利助に声をかけ、三人で外に出た。

「松永屋の話は、出なかったか」

隼人が、菊太郎と利助に目をやって訊いた。

「商売敵《がたき》のようです」

菊太郎が言うと、

「店の売り物の喜応丸のことで、揉めていたようです」

すぐに、利助が言い添えた。

「おれも、喜応丸のことは聞いた。どうだ、松永屋まで行ってみないか。今日のところは、店を見るだけだがな」

「行きましょう」

菊太郎が身を乗り出して言った。

隼人たち三人は、本町三丁目の通りを歩き、松永屋の前を通った。松永屋は、室田屋とほぼ同じ造りの店だった。店の脇の立看板には「仙奥丹《せんおうたん》　松永屋」と書いてあった。仙奥丹は、新しく売り出した薬らしい。

「いずれ、松永屋も探ってみねばなるまい」

隼人は小声で言って、店先を通り過ぎた。

菊太郎と利助は、松永屋に目をやりながらついてくる。

第三章　潰れ道場

一

隼人は薬種問屋の室田屋へ出掛けた翌日、菊太郎と利助を連れて小柳町にむかった。此度《こたび》の事件は、浅野源九郎がかかわっており、浅野の身辺を洗うことで、他の仲間も知れ、一味を捕らえることができるとみていたのだ。

隼人たちが、小柳町二丁目にある小料理屋の小鈴の近くまできたのは、四ツ半（午前十一時）ごろだった。

「店はひらいているかな」

隼人が、先にたって小鈴に近付いた。菊太郎と利助はそれぞれ間をとり、通行人を装って隼人の後からついてきた。

小鈴の店先に、暖簾《のれん》が出ていた。店はひらいているらしい。まだ、客はいないのか、店はひっそりとして、話し声も物音も聞こえなかった。

隼人たちは、小鈴から半町ほど歩いてから路傍《ろぼう》に足をとめた。

「まだ、客はいないようだ」

隼人が言った。

「どうしやす」

利助が言った。

「長丁場になるかもしれん。どうだ、柳原通りを一歩きしてくるか」

小柳町二丁目から神田川沿いの道まで遠くなかった。この近くで路傍に立っているより気が晴れるだろう。隼人たちはその場を離れ、神田川の方に足をむけた。

頃合を見て、隼人たちは来た道を引き返し、小鈴が見えてきたところで足をとめた。

「さて、どうする」

隼人が訊《き》いた。

「小鈴に浅野が来ているかどうか、探ってきやしょうか」

利助が身を乗り出して言った。

「気付かれないようにな」

「へい」

利助は、ひとり小鈴にむかった。

利助は通行人を装い、小鈴の前まで行くと入口に身を寄せ、聞き耳をたてた。

店のなかから、女と男の声が聞こえた。くぐもった声で、話の内容は聞き取れなかったが、男は武家言葉であることが知れた。女は女将《おかみ》であろう。

そのとき、利助は、女将の、「浅野の旦那ァ」という鼻にかかった声を耳にした。

……いる！

利助は、胸の内で声を上げた。店にいるのは、浅野である。

利助はすぐにその場を離れ、足早に隼人たちのそばにもどった。

「いやす、浅野が！」

利助が声高《こわだか》に言った。

「いたか」

「へい、店のなかで女将と浅野の声がしやした」

利助は、女将が浅野の旦那と呼んだので、まちがいないと言い添えた。

「どうします」

脇にいた菊太郎が、隼人と利助に目をやって訊いた。

「店に踏み込んで、浅野を捕らえるのも手だが……。生きたまま捕らえるのは、むずかしいな」

隼人は、まちがいなく浅野と斬り合いになるとみた。浅野は遣《つか》い手なので、峰打《みねう》ちで仕留めるのは、むずかしいだろう。峰打ちでうまく仕留められたとしても、簡単に口を割るような男ではない。

「すこし泳がせるか」

隼人は、浅野が店から出てきたら尾行し、行き先をつきとめようと思った。善兵衛や豊蔵を殺して金を奪った仲間と接触するにちがいない。浅野を泳がせて仲間の居所をつかんでから、捕縛《ほばく》してても遅くはない。

隼人たちは路傍の樹陰に身を隠して、浅野が出てくるのを待った。

それから、一刻（二時間）ほど経《た》ったろうか。浅野はなかなか出てこなかった。この間に、客がふたり店に入ったが、浅野は姿を見せなかった。

「旦那、あっしが呼び出しやしょうか」

そう言って、利助が樹陰から出ようとしたときだった。

店の前を通りかかった大柄な武士が、小鈴の前で足をとめた。小袖《こそで》に袴《はかま》姿で、大小を帯びている。

「待て！」

隼人は、利助をとめた。店先に立った武士は、ただの客ではないとみたのだ。

武士は店先に立ち、通りの左右に目をやってから、格子戸をあけてなかに入った。

「あの武士は、ただの客ではないぞ」

隼人が小鈴を見据えて言った。

「浅野の仲間かな」

菊太郎も、店に入った武士は、小鈴の客でないとみたようだ。

「出てきた!」

利助が声を上げた。

小鈴から武士と浅野が出てきたのだ。ふたりは店の前で何やら話していたが、すぐに大柄な武士だけ店から離れた。

浅野は武士の後ろ姿に目をやっていたが、すぐに踵《きびす》を返して店に入った。どうやら、武士は浅野に用があって小鈴に立ち寄ったらしい。

「武士の跡を尾《つ》けるぞ」

隼人が、菊太郎と利助に声をかけた。

隼人はふたりが樹陰から出ると、「利助、先にたって、やつの跡を尾けてくれ」と声をかけた。前を行く武士が振り返ったとき、利助を目にしても不審を抱かないとみたのである。

「へい」

と利助が応《こた》え、足早に武士との間をつめた。隼人と菊太郎は、利助から間をとって尾けていく。

武士は、小柳町二丁目の道を北にむかって歩いていた。そして、柳原通りに出ると、東に足をむけた。

柳原通りは、賑《にぎ》わっていた。様々な身分の老若男女が行き交っている。

「間をつめるぞ」

隼人と菊太郎は、前を行く利助との間をつめた。行き交う人の陰になって、武士の姿が見えなくなるのだ。利助も武士との間をつめている。

二

隼人たち三人は、前を行く武士の跡を尾けていく。

武士は、神田川にかかる新《あたら》シ橋が間近に迫ってきたところで、右手の道に入った。そこは豊島町《としまちょう》一丁目で、町人地だった。

隼人たちは、武士につづいて右手の道に入った。人通りの多い道である。道沿いには、八百屋や下駄屋《げたや》などの暮らしに必要な物を売る店がつづき、地元の住人らしい老若男女が行き交っていた。

隼人たちは、足を速めた。武士の姿は少ないので、目立つはずだというのに、行き交う人の姿が多すぎて、その姿がときどき見えなくなるのだ。

しばらく歩くと、道幅が狭くなり、人通りもすくなくなってきた。そのとき、前を行く武士が、通り沿いにあった仕舞屋《しもたや》の前に足をとめた。板塀をめぐらせた妾宅《しょうたく》ふうの家である。

武士は戸口に立ち、左右に目をやってから家の板戸をあけてなかに入った。

隼人たちは、武士が入った家の半町ほど手前で足をとめた。

「武士の家かな」

菊太郎が、仕舞屋に目をやりながら言った。

「ここに、情婦《いろ》でも、かこっているのかもしれぬ」

隼人は、武家の屋敷がこのような場所にあるとは思えなかった。それに、造りが武家屋敷とはちがう。

「家に近付いてみよう」

隼人が先にたった。

すこし間をとって、利助と菊太郎がつづいた。

隼人は仕舞屋の前まで行って、すこし歩調を緩めた。家のなかから、男と女のくぐもった声が聞こえた。

おまえさん、と呼ぶ女の鼻にかかった声がした。男の声は聞こえなかったが、戸口近くの座敷に、先ほど家に入った武士が女といっしょにいることは知れた。

隼人は、仕舞屋から半町ほど歩いたところで足をとめ、後続の利助と菊太郎が近付くのを待った。

「武士が、女をかこっている家のようだ」

隼人が、ふたりに目をやって言った。

「サキタという名のようですぜ」

利助によると、サキタと呼ぶ女の声が聞こえたという。

菊太郎は、何も耳にしなかったらしく黙っていた。

「サキタか。覚えはないな。……近所で聞き込んでみるか。家に入った武士や女のことを知る者がいはずだ」

隼人が言った。武士はともかく、仕舞屋にひとりで住む女は、近所に買い物に出たりして話をするだろう。

「また、別々になるか」

隼人は、これまでのように三人別々に聞き込みにあたることにした。半刻（一時間）ほどしたら、この場にもどることにして分かれた。

ひとりになった隼人は通りをいっとき歩き、小間物屋《こまものや》を目にとめた。小体《こてい》な店で、店内に、櫛《くし》、簪《かんざし》、紙入、煙草入《たばこいれ》などが並んでいる。

隼人は、店番をしている年増《としま》に目をとめた。隼人は年増に訊いてみようと思った。仕舞屋に住んでいる女は、小間物屋に何か買いに来て、店の年増とおしゃべりをするのではあるまいか。

隼人は小間物屋に近付き、

「ちと、訊きたいことがある」

と、年増に声をかけた。

「何でしょうか」

年増が、緊張した顔で隼人を見た。見ず知らずの武士に、いきなり声をかけられたからだろう。

隼人は八丁堀ふうの格好ではなく、羽織袴姿で二刀を帯びていたのだ。

「さきほど、そこの家に、武士が入ったのを見たのだがな。むかし世話になった男によく似ているのだ。……だが、急に家を訪ねて、確かめるわけにもいかぬ」

隼人がもっともらしい顔をして言った。

「板塀をめぐらせた家ですか」

年増が訊いた。

「そうだ」

「あの家には、お武家さまのいい女《ひと》が住んでるんですよ」

年増が、急に声をひそめて言った。目に、好奇の色がある。

「やはり、そうか」

「色っぽい女《ひと》ですよ」

「その女と話したことはあるか」

隼人が声をひそめて訊いた。

「ありますよ。名はおちかさん」

「武士の名は、サキタというのだがな」

隼人は、利助が耳にしたサキタの名を口にした。

「はい、たしか、崎田《さきた》さまと聞きましたよ」

「やはり崎田か。それにしても、崎田が、女を囲っているとはな。いや、驚いた。崎田は牢人《ろうにん》のはずだ。何か、金になる仕事でも始めたかな」

隼人がもっともらしく訊いた。

「おちかさんの話だと、崎田さまは、剣術が強くて道場をひらいていたそうですよ」

「道場主か！」

思わず、隼人が声を上げた。

年増は驚いたような顔をして、隼人を見た。急に大きな声を出したからだろう。

「いや、すまぬ。まさか、崎田が道場をひらいているとは思いもしなかったのでな」

隼人は苦笑いを浮かべ、

「その道場だが、どこにあるか聞いているか」

と、声をあらためて訊いた。

「聞いてませんけど」

年増は素っ気なく言った。すこし話し過ぎたと思ったのか、店先から離れたいような素振りを見せた。

隼人はこれ以上年増から聞いても、新たなことは出てこないとみて、

「手間をとらせたな」

と言い残し、その場を離れた。

それから、隼人は道沿いにあった他の店に立ち寄って話を聞いたが、新たなことは

分からなかった。

三

隼人が菊太郎たちと分かれた場にもどると、利助はいたが、菊太郎の姿はなかった。ただ、待つまでもなく、通りの先に菊太郎の姿が見えた。菊太郎は、足早にもどってくる。

隼人は菊太郎が近付くのを待ち、

「そこの樫《かし》の木の陰で話すか」

と、言って、路傍の樹陰にまわった。道端で立ったまま話すと、通行人の目を引くからだ。

隼人は樹陰に入ると、

「おれから話そう」

そう言って、小間物屋の年増から聞いたことを一通り話し、

「崎田は、剣術道場をひらいていたようなのだ」

と、言い添えた。

「おれも、崎田玄三郎《げんざぶろう》という男が、道場をひらいていたことを耳にしました」

菊太郎が、身を乗り出すようにして言った。

「何流だ」

隼人が訊いた。

「一刀流だそうです」

「その道場はどこにあるか、聞いたか」

「聞いてません。道場のある場所を訊いたのですが、だれも知らなかったのです」

菊太郎が言うと、

「あっしは、道場の場所を聞きやしたぜ」

利助が身を乗り出して言った。

「どこだ」

隼人が訊いた。

「亀井町《かめいちょう》だそうで」

「亀井町のどの辺りだ」

亀井町は、牢屋敷のある小伝馬町《こでんまちょう》の東方にひろがる町だった。広い町なので、亀井町というだけでは、探すのがむずかしいかもしれない。

「稲荷《いなり》が近くにあると言ってやした」

利助が言った。

「稲荷な。……訊けば分かるか」

隼人は、亀井町に入って訊けば、分かるだろうと思った。道場の門弟でなくとも、道場のことは知っているはずだ。

「行ってみよう」

隼人たち三人は、表通りに出てから南にむかった。

しばらく歩くと、亀井町に入った。この辺りも町人地で、武士の姿はあまり見掛けなかった。

亀井町に入っていっとき歩いたとき、隼人は中間《ちゆうげん》らしい供を連れた年配の武士を目にとめた。こちらに歩いてくる。御家人らしい。

「あの武士に、訊いてみる」

隼人は足早に武士にむかい、近くまで行くと、

「お訊きしたいことがござる」

と声をかけて、頭を下げた。

「何かな」

武士は、足をとめた。供の中間は武士の背後に控えている。

「この近くに剣術の道場があると聞いてまいったのだが、分かりませぬ。どこにあるか御存じでしょうか」

隼人が腰を低くして訊いた。

「剣術道場な」

武士は、いっとき記憶をたどるような顔をして立っていたが、

「確か、この先の四辻《よつつじ》を右手に入ると、稲荷があり、その近くに道場があったような気がするが……」

と言って、背後を指差した。記憶がはっきりしないらしい。

「行ってみます」

隼人は武士に礼を言って別れた。

隼人たち三人は、来た道をさらに歩いた。そして、四辻を右手に入ってすぐ、

「そこに、稲荷があります！」

菊太郎が声高に言った。

見ると、通り沿いに赤い鳥居があり、稲荷の祠《ほこら》が見えた。祠のまわりに樫や椿《つばき》などが植えられている。

「道場は、この近くにあるはずだな」

そう言って、隼人は周囲に目をやったが、それらしい建物はない。

「むこうから来るふたりの武士に訊いてみます」

そう言って、菊太郎が小走りに通りの先にむかった。

ふたりの若侍が、何やら話しながら歩いてくる。供の姿はなかった。まだ、十四、五歳と思われる若者である。

菊太郎はふたりに声をかけ、話しながらいっときいっしょに歩いていたが、隼人たちの近くまで来て足をとめた。

ふたりの若侍は隼人たちのそばまで来ると、話をやめて通り過ぎた。ふたりの武士からすこし遅れて、菊太郎は隼人たちのそばに来た。

「どうだ、道場のある場は知れたか」

隼人が菊太郎に訊いた。

「知れました。……ただ、道場はしまったままだそうです」

菊太郎が言った。

「遠いのか」

「いえ、一町ほど歩いたところにあるそうです」

「行ってみよう」

隼人たちは、通りをさらに歩いた。

稲荷の前を通り過ぎ、しばらく歩くと、前方に道場らしい建物が見えた。

「あれだな」

隼人が、路傍に足をとめて言った。

利助と菊太郎も、足をとめて道場に目をやった。遠目にも、道場は傷んでいるのが目にとまった。庇《ひさし》は垂れ下がり、道場の板壁が剝《は》がれ落ちている。

四

「近付いてみるか」

隼人が菊太郎と利助に声をかけた。

隼人たち三人は、通行人を装って道場に近寄った。道場のなかから人声も物音も聞こえてこなかった。静寂につつまれている。

道場の表の板戸は、しまっていた。最近、道場に出入りした者はいないのか、戸口近くに雑草が生えていた。

「だれもいないな」

隼人が道場の前を通り過ぎながら言った。

道場は、ひっそりとして人のいる気配はなかった。道場はとじて、何年か経っているようだ。

隼人たちは、道場の前を通り過ぎてから路傍に足をとめた。

「近所で聞き込んでみますか」

菊太郎が身を乗り出して言った。

「そうだな」

隼人は周囲に目をやった。道場のことで、話が聞ける者を探したのである。

「あの武士に聞いてみるか」

隼人は、遠方からこちらに歩いてくるふたりの武士に目をとめた。ふたりは大小を腰に帯び、小袖に袴姿だった。

近付くと、ふたりは思ったより若いことが知れた。まだ、二十歳前後ではあるまいか。牢人ではなく、御家人の次男か三男であろう。

「おれが訊いてみる」

隼人は菊太郎と利助をその場に残して、ふたりの武士に近付いた。

「しばし、しばし、お尋ねしたいことがござる」

隼人が声をかけた。

ふたりの武士は足をとめて振り返り、

「それがしたちでござるか」

と、年上と思われる恰幅《かつぷく》のいい武士が訊いた。

「いかにも。ちと、訊きたいことがござる」

と言って、隼人はふたりに身を寄せた。

「何でしょうか」

もうひとりの痩身《そうしん》の武士が訊いた。

「そこに、剣術の道場があるが、御存じか」

「知ってます」

「表戸はしまったままのようだが、門をとじて何年ぐらい経つのかな」

隼人が訊いた。

「三、四年経ちます」

「一刀流の道場と聞いたのだが」

「そうです」

「道場主の名を御存じか」

隼人は、念のために訊いてみた。

恰幅のいい武士が首を傾《かし》げると、

「崎田さまと聞きましたよ」

瘦身の武士が、脇から口を挟んだ。

「道場がひらいているなら、倅《せがれ》を入門させようと思って来たのだが、諦めるかな」

隼人はそう言って、背後にいる菊太郎と利助に目をやった。菊太郎たちは、間を取って歩いてくる。

すると、恰幅のいい武士が、

「道場を建て直して、また一刀流の指南を始めるという噂《うわさ》を耳にしました。道場が新しくなってから入門されたらどうですか」

と、身を乗り出すようにして言った。

「建て直すといっても資金がないと、そう簡単には……」

隼人は、首を傾げた。

「資金のことは知りませんが、道場の門弟だった者から、ここ一、二年のうちに道場を建て直して、門をひらくと聞いてます」

大柄な男はそれだけ言うと、隼人に頭を下げて歩き出した。見ず知らずの男と、話し過ぎたと思ったのかもしれない。瘦身の武士は、慌てた様子で大柄な男の後につい

ていく。菊太郎と利助が、隼人のそばに身を寄せ、

「崎田は、道場を新しく建てる気のようですぜ」

と、利助が言った。

「道場を建て直す金を、どうやって工面するかだな」

隼人が言うと、

「木村屋の善兵衛や富沢屋の豊蔵殺しとかかわりがあるのでは、ないですか。事件の背後で金が動いているはずです」

菊太郎が、身を乗り出して言った。

「おれも、そうみたが、はっきりしたことは、何も分かっていない」

隼人はそうつぶやいた後、

「近所で、崎田や道場のことを訊いてみるか」

と、菊太郎と利助に目をやって言った。

「また、手分けして聞き込みに当たりやすか」

利助が訊いた。

「いや、そこまでやることはあるまい」

隼人はそう言って、通りの先に目をやった。

「あそこに、一膳めし屋があるな。あそこに寄って訊いてみよう。ついでに、腹拵え《はらごしら》をすればいい」

　隼人たちは、一膳めし屋に足をむけた。


　そのとき、道場の脇から隼人たちの後ろ姿に目をむけている者がいた。道場主の崎田玄三郎である。

　崎田は道場の裏手にある家から道場の脇を通って路地に出ようとしたとき、隼人たちの後ろ姿を目にしたのだ。

　道場の裏手には、道場主の崎田やその妻、それに食客《しょっかく》などが寝泊まりする家があったが、道場が潰れたのを機に、道場主の崎田や食客などは家を出ていた。崎田は、たまたまその家の様子を見に来ていて、隼人たちに気付いたのだ。

……あやつら、おれたちのことを探っている町方だ。

　崎田が胸の内でつぶやいた。

　崎田は道場の前の通りに出ると、隼人たちの跡を尾け始めた。そして、隼人たちが一膳めし屋に入っていったのを目にすると、足をとめて踵を返した。崎田は仲間の手を借りて、隼人たちを始末しようと思ったのだ。

五

隼人、菊太郎、利助の三人は、一膳めし屋に入った。そして、座敷に腰を下ろすと、店の親爺《おやじ》が注文を訊きに来た。

隼人はめしと酒を頼んだ。酒は喉を潤す程度に飲もうと思ったのだ。菊太郎と利助はめしだけである。

「ちと、訊きたいことがある」

隼人が親爺に声をかけた。

「なんです」

親爺は、戸惑うような顔をした。店内で武士に声をかけられることなど、滅多にないのだろう。

「この先に、剣術の道場があるな」

隼人が、道場の方を指差して言った。

「ありやすが、いまはしまったままでさァ」

「それが、近いうちに道場をひらくらしいのだ。その話を聞いているか」

「そういえば、門弟の方たちが、道場をひらくという話をしてたのを耳にしたことがありやす」

　親爺が言った。

「門弟が、ここに飯を食いに来ることがあるのか」

「ちかごろは、ありやせん」

「いま、道場を見てきたのだが、建物がひどく傷んでいる。ひらくと言っても、建て直さなければ無理だな」

　隼人が顔をしかめて言った。

「新しく建て直すようですよ」

　親爺がそう言って、奥にもどりたいような素振りを見せた。いつまでも、客と話しているわけにはいかないのだろう。

「建て直すには、金がかかるぞ。大金だ」

　隼人が、身を乗り出すようにして言った。

「金のことは知りやせんが、ここに来た道場の方は、近いうちに道場を建て直す普請《ふしん》が始まると言ってやした」

　親爺はそう言うと、隼人に頭を下げ、そそくさとその場を離れた。

「どうやら、崎田は道場を建て直す金の工面がついたようだ」

そう言って、隼人は猪口《ちよこ》の酒を飲み干した。

隼人たち三人は一膳めし屋を出ると、道場に足をむけた。もう一度、道場の近くまで行って、様子をみてみようと思ったのだ。

隼人たちが、道場の前まで来たときだった。ふいに、道場の表戸が一枚あき、人が飛び出してきた。

四人――。いずれも、天狗の面で顔を隠していた。小袖に袴姿で、二刀を帯びている。

「引け！」

咄嗟《とつさ》に、隼人が叫んだ。相手が四人では太刀《たち》打《う》ちできない。

隼人たちは道場の前から逃げたが、四人の天狗の面の男が背後に迫ったため、近くにあった仕舞屋の板塀を背にして立った。背後にまわられるのを防ごうとしたのだ。

隼人の前には、大柄な武士が立った。武士はすぐに刀の柄《つか》に右手を添え、抜刀体勢をとった。対する隼人も、左手で鯉口《こいぐち》を切り、柄に右手を添えた。いつでも抜刀できる。

……遣い手だ！

と、隼人は察知した。

武士の身構えに、隙《すき》がなかった。全身に気勢が漲《みなぎ》っている。

もうひとり、隼人の右手にまわり込んだ。天狗の面で顔を隠しているので、何者か分からない。

菊太郎は、隼人の脇にいた。右手を刀の柄に添えている。菊太郎の前に、小袖を着流した牢人体の男が立った。天狗の面で顔を隠している。何者か分からないが、隙のない身構えから遣い手であることが知れた。

もうひとり中背の武士が、利助の前に立った。利助は十手を出して身構えたが、手にした十手が震えている。

「いくぞ！」

隼人の前に立った武士が抜刀した。

すかさず、隼人も刀を抜いて青眼《せいがん》に構えると、剣尖《けんせん》を相手の目にむけた。腰の据わった隙のない構えである。

対する武士は、八相《はっそう》に構えた。両手を高くとり、刀身を垂直に立てた。大きな構えである。その大柄な体と相俟《あいま》って、上から覆いかぶさってくるような威圧感があった。

……手練《てだれ》だ！

と、隼人は察知した。

だが、臆さなかった。隼人も、剣の達人である。

「おぬし、何流を遣う」

大柄な武士が訊いた。

「直心影流《じきしんかげりゅう》」

隼人は、すぐに、「おぬしは」と訊いた。

「一刀流」

武士は隠さず、己の流名を口にした。

「そうか」

隼人は武士と対峙《たいじ》したときから、一刀流の道場主の崎田であろうとみていたので、驚かなかった。

一方、利助は中背の武士と対峙していた。利助の顔が恐怖でひき攣《つ》り、手にした十手が震えている。

「十手を捨てろ!」

武士が鋭い声で言い、青眼に構えたまま足裏を擦《す》るようにして間をつめてきた。

利助は十手を前に突き出すように構えたまま後退《あとじさ》ったが、踵《かかと》が板塀に迫り、それ以上下がれなくなった。

武士は、一足一刀の斬撃《ざんげき》の間境《まざかい》に迫ると、斬撃の気配を見せて刀身を振り上げた。

利助は、ワッ！　と声を上げた。そのとき、隼人は利助の声を耳にし、

「呼び子を吹け！」

と、叫んだ。このままだと、利助が斬り殺されるとみたのだ。

咄嗟《とっさ》に、利助は背で板塀を擦《こす》るようにして左手に逃れると、懐《ふところ》から呼び子を取り出し、顎《あご》を突き上げるようにして吹いた。

ピリピリピリ……。

甲高い音が、辺りにひびいた。

すると、通りかかった者たちや近くの家から飛び出した男たちが、斬り合っている隼人たちに目をやった。

集まった者たちの間から、「天狗の面をかぶっているぞ！」「盗賊だ！」「町方が、危ないぞ！」などという声が聞こえた。

「石を投げろ！　こやつら、盗賊だ！」

隼人が叫んだ。

すると、若い職人ふうの男が、足元の石を拾い、天狗の面をかぶっている男たちにむかって投げた。

石は、隼人と対峙していた大柄な武士の足許《あしもと》に落ちて転がった。武士は慌てた様子で、一歩を身を引いた。

これを見た他の男たちが、足許の小石を拾い、「八丁堀を助けろ！」「盗人に、ぶっつけろ！」などと叫び、次々に四人の天狗面の男たちにむかって投げ始めた。

四人の武士は、慌てて後退った。そして、隼人たちとの間合があくと、

「今日のところは、見逃してやる！」

大柄な武士が叫びざま、反転して走り出した。

これを見た他の三人も、慌てた様子で後退った。そして、刀をむけていた相手と間合を取ると、反転して逃げ出した。逃げ足は速かった。三人は、大柄な武士の後を追うように逃げていく。

「みんなの御陰で、助かったぞ！」

隼人が、石を投げた男たちにむかって声をかけた。

すると、男たちの間から歓声があがった。足早に隼人たちに近付いてくる男もいる。

隼人たちはあらためて男たちに礼を言い、その場を離れた。

六

翌日、隼人、菊太郎、利助の三人は、亀井町にある崎田道場の近くまで来ると足をとめた。

隼人と菊太郎は、昨日とはちがう格好をしていた。小袖に装着袴《たつつけばかま》で、深編笠《ふかあみがさ》をかぶっている。旅装の武士のようだ。利助は昨日のままの格好だが、菅笠《すげがさ》をかぶって顔を隠していた。

隼人たちは、昨日襲ってきた武士たちに、それと気付かれないように身装《みなり》を変えたのである。

隼人は、一膳めし屋の親爺が、「近いうちに道場を建て直す普請が始まる」と話していたことが気になっていた。

崎田は、その金をどうやって工面したのか。崎田の後ろ盾になって金を出したと思われる者もいないし、門弟たちから集めることもできないだろう。

隼人の頭にあったのは、木村屋の善兵衛や富沢屋の豊蔵を殺した下手人だった。いずれも腕がたち、天狗の面をかぶって顔を隠していたという。ただの辻斬りとは、思えなかった。それに、事件の背後で、多額の金が動いているような気がしたのだ。

隼人は、昨日襲ってきた天狗の面で顔を隠した四人の武士のことが気になった。隼人と対峙した武士は、崎田とみていた。崎田をはじめとする四人のなかに、善兵衛や豊蔵を殺した下手人がいたのではないか。

隼人は、崎田のそばにいる者をひとり捕らえて、事件とのかかわりを訊こうと思ったのだ。

「この辺りに、身を隠そう」

隼人が、菊太郎と利助に目をやって言った。

「そこの椿の木の陰は、どうです」

利助が、路傍で枝葉を茂らせている椿の木を指差して言った。

「いい場所だ」

隼人が言い、三人は樹陰に身を隠した。

「いつ、話を聞けそうな者が通りかかるか分からぬ。気長に待つしかないな」

「承知してやす」

利助が言った。

隼人たちが身を隠してから、ときおり武士が通ったが、崎田道場とかかわりがあると思われる者は姿を見せなかった。

隼人たちがその場に立って、半刻（一時間）ほど経ったろうか。利助が樹陰から身を乗り出すようにして、

「むこうから来る二本差しは、どうです」

と、通りの先を指差して言った。

中間らしい男をふたり連れた武士が、隼人たちのいる方に歩いてくる。

「年配だな。崎田道場と、かかわりはなさそうだ」

隼人たちは、供連れの武士を見逃した。

それから、さらに半刻ほど経った。通りの先に目をやっていた菊太郎が、

「あの男、門弟かもしれない」

と、身を乗り出すようにして言った。

見ると、若侍がひとり、道場にむかって歩いてくる。小袖に袴姿だった。竹刀《しない》や木刀などは持っていない。ただ、道場はしまっていて稽古はできないので、門弟でも稽古のときに使う竹刀や木刀などは持ち歩かないだろう。

「門弟かどうか、分からないな」

隼人が言った。

「訊いてきます」

そう言い残し、菊太郎はひとりで樹陰から出た。

菊太郎は足早に若侍に近付き、

「お訊きしたいことがある」

と、声をかけた。

「何かな」

若侍はおだやかな声で訊いた。声をかけた男が、自分より年下なので安心したのかもしれない。

「剣術を習いたいのです。この先に、剣術道場があると聞いて来てみたのですが、道場はしまったままです」

菊太郎が、困惑したような顔で言った。

「あの道場は、古くなったために閉じたようだ。近いうちに新しく建て直すと聞いている」

歩きながら、若侍が言った。

「道場が新しくなるのですか」

菊太郎が身を乗り出すようにして訊いた。

「そうらしい。門弟だった者たちは、楽しみにしているようだ」

「いつごろ、建つのですか」

菊太郎が勢い込んで訊いた。

「まだ、はっきりとした時期までは分からない」

若侍は歩調をゆるめて言った。

「でも、道場を建て直すには、大金がいるのでは……」

菊太郎は、金のことを持ち出した。

「金の工面は、ついているらしいぞ」

若侍が声をひそめて言った。

「道場主には、金持ちの後ろ盾がいるのかな」

菊太郎が首をひねりながら訊いた。

すると、若侍は菊太郎に身を寄せ、

「噂だがな。金持ちの商人《あきんど》が、金を出してくれるようだぞ」

「商人ですか。まったく、剣術にはかかわりのないような商人が金を出すのですか」

菊太郎は、「信じられない。噂だけではないかな」と、つぶやいた。それを耳にした若侍は、

「おれも信じられないが、近いうちに道場を建て直す普請が、始まるそうだ」

そう言って、足を速めた。

菊太郎は足をとめ、若侍の後ろ姿に目をやっていたが、その姿が遠ざかると、踵を

返して隼人たちのそばにもどった。

七

「様子が知れました」

菊太郎はそう言って、樹陰にいた隼人と利助に、若侍から聞いたことをひととおり話した。

「道場主の後ろ盾は、金持ちの商人と言ったのか」

隼人が念を押すように訊いた。

「そうです」

「やはり、道場主の崎田は善兵衛や豊蔵殺しにかかわりがあるようだ」

隼人が、虚空《こくう》を睨《にら》むように見すえて言った。

「どうしやす」

利助が訊いた。

「まだ、崎田や門弟のことで知りたいことがある。……善兵衛と手代の吉之助を斬ったのは、別人だ。ふたり以上で襲ったことになる。道場主の崎田といっしょに遣い手がいたとみていい。そやつが、何者か知りたい」

「道場の門弟ですか」

　菊太郎が訊いた。

「門弟とは決め付けられないな。食客ということもある。……道場とはかかわりのない崎田の知り合いかもしれん」

　隼人は、探ってみるしかないと思った。

「もうすこしここに身を隠して、門弟らしい男が通りかかるのを待ちやすか」

　利助が言った。

「そうだな」

　隼人は、あまり期待できないが、門弟から話を聞いてみようと思った。崎田はふだんどこにいるのか、崎田とともに善兵衛たちを襲ったのは何者か。そうしたことが、隼人は知りたかった。

　それから半刻ほどして、若侍がふたり通りかかった。隼人は、ふたりが門弟かどうか分からなかったが、

「おれが、訊いてみる」

　と言い残し、樹陰から通りに出た。

　隼人はふたりの若侍に追いつき、歩きながら何やら話していたが、道場の近くまで

行くと、足をとめた。そして、踵を返してもどってきた。ふたりの若侍は話しながら道場の前を通り過ぎていく。

「ふたりとも、門弟ではなかったぞ」

そう言って、隼人が利助と菊太郎に目をやり、

「だが、ふたりは、近いうち道場が新しく建つことは知っていた。門弟たちのなかの噂が、近所にもひろまっているようだ」

と、言い添えた。

菊太郎と利助は、黙ってうなずいた。

「これ以上、ここにいることはないな」

隼人が、上空に目をやって言った。陽は頭上にあった。まだ、八ツ（午後二時）前ではあるまいか。

「どうだ、本石町に行ってみないか」

隼人が言った。

「木村屋と富沢屋ですか」

菊太郎が訊いた。

「そうだ。まず、木村屋に行ってみよう。主人の善兵衛と手代《てだい》の吉之助が殺された件

の探索は、十分とは言えないからな」

隼人は、善兵衛殺しには、崎田たちがかかわっているのではないかとみていた。

隼人たち三人は、本石町にむかった。そして、本石町四丁目の表通りを出て、木村屋の店先まで来ると、路傍に足をとめた。

「店に寄らないのですか」

菊太郎が訊いた。

「いや、寄る。番頭の盛造に、訊いておきたいことがあるのだ」

そう言って、隼人はいっとき店に出入りしている客に目をやっていた。客は出入りしていたが、以前より、すこし少ないようだ。

「やはり、客足が落ちているな」

隼人はそう言うと、

「菊太郎と利助は、近所で木村屋の商いの様子を聞き込んでくれ」

と、ふたりに指示し、ひとりで木村屋に入った。

土間の先の広い売り場で、何人もの手代が客を相手に話したり、反物を見せたりしていた。丁稚《でっち》たちは、忙しそうに反物を客たちに運んだり、茶道具を持ったりして行き来している。それでも、活気がないように感じられた。

客を送り出した手代のひとりが、土間にいる隼人に気付き、足早に近付いてきた。そして、座敷の上がり框《がまち》近くに座し、

「どうぞ、お上がりになってください」

と、笑みを浮かべて言った。隼人は八丁堀の同心ふうの身装《みなり》をしてこなかったので、客と思ったらしい。

隼人は手代に身を寄せ、

「八丁堀の者だが、番頭の盛造を呼んでくれないか。訊きたいことがあるのだ」

と、声をひそめて言った。

「お待ちください」

手代はそう言い残し、慌てた様子で帳場格子の奥にいる盛造のそばに行った。そして、盛造と何やら話していた。

盛造は土間にいる隼人に目を向けると、慌てた様子で立ち上がった。手代はその場に立って盛造と隼人に目をやっていたが、すぐに売り場にもどった。

盛造は足早に上がり框のそばに来て、隼人の前で膝を折ると、

「長月さま、お上がりになってください」

と、声をひそめて言った。他の客に聞こえないように気を遣ったらしい。

「ちと訊きたいことがあってな。立ち寄っただけだ」

隼人はそう言った後、盛造に身を寄せ、

「どうだ、その後の商いの様子は」

と、小声で訊いた。

「主人が亡くなってから、すこし客足が落ちておりまして……」

盛造が眉を寄せて言った。

「やはり、そうか」

隼人はいっとき口をつぐんだ後、

「この店の近くに、競争相手の呉服屋があるのか」

と、声をひそめて訊いた。

盛造は戸惑うような顔をして黙っていたが、

「あります。増田屋《ますだや》さんです」

と、声をひそめて言った。

「増田屋は、どこにある」

「本石町三丁目でございます」

「近いな」

木村屋は本石町四丁目だった。隣町といってもいい。

「商売敵《がたき》というわけだな」

「はい」

盛造は否定しなかった。日ごろから、商売敵と思っているのだろう。

「ちかごろ増田屋の商いは、どうだ。繁盛しているのか」

隼人が訊いた。

盛造は顔をしかめて、いっとき口を閉じていたが、

「多少、この店の客が増田屋に流れたようです」

と、隼人だけに聞こえる声で口惜しそうに言った。

「やはりそうか」

隼人はそう言って、いっとき黙考していたが、

「増田屋の主人の名は」

と、訊いた。

「政左衛門《まさざえもん》さんです」

「ふだん、政左衛門は店にいるな」

「はい、いるはずです」

隼人は盛造の耳元に顔を近付け、

「このままには、しておかぬ」

と、小声で言って、踵を返した。

隼人は木村屋を出ると、店の脇に立ち、菊太郎と利助がもどるのを待って八丁堀にむかった。

増田屋を探るのは、明日からである。

第四章　吟味

一

「今日も出掛けるんですか」

おたえが心配そうな顔で、隼人に訊《き》いた。

隼人は庭に面した座敷で、着替えていた。菊太郎は着替えを終え、別の座敷にいる。

「仕事だからな」

隼人が素っ気なく言った。

「菊太郎のことが心配で。……わたし、菊太郎から聞いたんです。剣術の道場をひらいている武士が下手人らしいと」

「おれもそのことは、承知している。それでな、菊太郎のそばにいるようにしているのだ。菊太郎には、何も話してないがな」

隼人はそう言って、刀掛けにある愛刀の兼定《かねさだ》を手にした。

隼人がおたえとふたりで座敷から出ると、菊太郎も廊下に姿を見せた。障子をあける音が聞こえたのだろう。

隼人と菊太郎は、おたえに送られて八丁堀の組屋敷を出ると、日本橋本石町にむかった。増田屋を探るためである。利助は、江戸橋を渡った先のたもとで待っていることになっていた。

隼人と菊太郎は、今日も八丁堀同心と知れないような格好をしていた。増田屋の者に、町方が探っていると知られないためである。

隼人たちが江戸橋を渡ると、岸際で待っていた利助が小走りに近寄ってきた。

「利助、待たせたか」

隼人が訊いた。

「いま、来たばかりでさァ」

利助が隼人の後についてきながら言った。

隼人たち三人は、入堀沿いの道を北にむかい、奥州街道を横切り、本石町四丁目に出た。そこは、浅草御門の前に通じている表通りで、大勢のひとが行き交っていた。

隼人たちは、まず木村屋の脇まで行って足をとめた。昨日と同じように店はひらいていた。客も出入りしていたが、やはり活気がなかった。番頭が言ったように、客足が落ちたのだろう。

　隼人たちは木村屋に立ち寄らず、そのまま増田屋にむかった。本石町三丁目まで行き、通り沿いの店に目をやりながら歩くと、土蔵造りの大きな呉服屋が見えてきた。店の脇の立看板に、「呉服物品々　増田屋」と記してある。

　隼人たちは、増田屋の斜向《はすむ》かいにあった瀬戸物屋の脇に身を寄せ、増田屋に目をやった。繁盛しているらしく、町人や武士の客が頻繁に出入りしている。

「繁盛しているようだ」

　隼人が言った。

「木村屋より客の出入りは多いようですぜ」

　利助は、増田屋に目をやっている。

「木村屋の客が、増田屋に来るようになったのかもしれない」

　菊太郎がつぶやいた。

「どうしやす」

　利助が訊いた。

「近所で聞き込んでみよう。増田屋の主人の政左衛門だが、胡乱《うろん》な武士といっしょにいるのを見掛けなかったか、訊いてみてくれ」

隼人は、政左衛門が崎田たちとどこかで接触し、それとなく善兵衛殺しを依頼したのではないかという読みがあったのだ。

「承知しやした」

利助が言い、三人はその場で分かれた。

ひとりになった隼人は、通りに目をやって話の聞けそうな店を探した。通り沿いには木綿問屋、瀬戸物屋、両替屋などの大店《おおだな》が並び、客が頻繁に出入りしていた。

……政左衛門のことを訊けるような店はないな。

隼人は胸の内でつぶやき、通りを歩いた。

一町ほど歩くと、瀬戸物屋の脇に細い通りがあった。通り沿いに、そば屋、下駄屋《げたや》、八百屋などの小店《こだな》が並んでいる。

隼人は、細い通りに足をむけた。表通りの大店の奉公人より、地元で長年商売をしている小体《こてい》な店の主人の方が、界隈《かいわい》の店の内情を知っているのではないかとみたのだ。

隼人は道沿いの搗《つ》き米屋《ごめや》を目にとめた。主人らしい男が唐臼《からうす》の脇で、手拭いで顔の汗を拭っている。一休みしているようだ。

隼人は店の戸口に立ち、

「店のあるじか」

と、声をかけた。

男は、「へい」と答えて、慌てた様子で手拭いを手にしたまま戸口へ来ると、

「何か御用で」

と、腰を屈《かが》めながら訊いた。不安そうな顔をしている。いきなり見ず知らずの武士に声をかけられたからだろう。

「仕事の邪魔をして済まぬが、ちと、訊きたいことがある」

隼人が穏やかな声で言った。

「なんです」

男の顔から不安そうな表情が消えた。隼人の穏やかな声を聞いて、危害をくわえられるようなことはないと思ったのだろう。

「表通りに、増田屋という呉服屋があるな」

隼人が増田屋の名を出して訊いた。

「ありやす」

「主人の政左衛門を知っているか」

「話したことはねえが、顔と名は知ってやす」

「ちかごろ、店の外で見掛けたことはないかな」

「ありやすが……」

男はそう言った後、隼人に不審そうな目をむけた。武士がなぜ呉服屋のあるじのことなど訊くのか、分からなかったのだろう。

「おれは、八丁堀の者だ」

隼人は小声で言った後、

「近頃、店の外で見掛けたことはないか」

と、同じことを訊いた。

「ありやす、何度か……」

男も小声で言った。

「武士といっしょに歩いているのを見たことはないかな」

「二本差しといっしょですかい」

男は記憶をたどるような顔をしていたが、

「見かけやした、三月《みつき》ほど前に！」

と、声高《こわだか》に言った。

「どこで見た」

「小伝馬町辺りでさァ」

「表通りの先か」

木村屋や増田屋のある表通りは、小伝馬町に通じている。

「そうでさァ」

「武士はひとりか」

「ふたりいやした」

「ふたりか……」

隼人は、ふたりの武士は崎田と浅野ではないかと思った。念のため、隼人がふたりの武士の身装《みなり》を訊くと、ふたりとも小袖《こそで》に袴《はかま》姿で、大小を帯びていたという。

「その後、ふたりの武士を見掛けたことはあるかな」

隼人が訊いた。

「ふたりを見たのは、それっきりで、その後見掛けたことはありやせん」

「そうか」

隼人は、親爺《おやじ》に礼を言って店から出た。

二

隼人は、菊太郎たちと分かれた場所にもどったが、まだふたりの姿はなかった。路《ろ》傍《ぼう》に立っていっときすると、まず利助が姿を見せた。利助は隼人の姿を目にすると、小走りに近寄ってきた。

利助につづいて、菊太郎の姿が通りの先に見えた。菊太郎は、隼人と利助の姿を目にすると、走り出した。

菊太郎は隼人たちのそばに走り寄ると、

「お、遅れました」

と、喘《あえ》ぎながら言った。顔に汗が浮いて、ひかっている。

隼人は菊太郎の息が静まるのを待ち、

「何か知れたか」

と、菊太郎と利助に目をやって訊いた。

「増田屋の主人の政左衛門が、胡乱な武士と歩いているのを見掛けた者がいやした」

利助が言った。

「その話はおれも聞いたが、武士はふたりだったようだな」

「あっしも、ふたりと聞きやした。ひとりは、浅野ですぜ。話を聞いた男は、政左衛門のそばを通りかかったとき、浅野様、と声をかけたのを耳にしたようでさァ」

利助が昂《たかぶ》った声で言った。

「これで、浅野と政左衛門のつながりがはっきりしたな。もうひとりの武士は、崎田とみていいだろう」

隼人はそう言った後、

「菊太郎、何か知れたか」

と、声をあらためて訊いた。

「おれが耳にしたのは、いま、利助が話した政左衛門が、武士と話しながら歩いているのを見掛けたということだけです」

菊太郎は、そう言ってすこし身を引いた。遅れてきたのに、これといったことを摑《つか》んでこなかったからだろう。

「いずれにしろ、これで増田屋のあるじと、崎田たちのつながりが見えてきたな」

隼人が、菊太郎と利助に目をやって言った。

「どうしやす」

利助が身を乗り出すようにして訊いた。

「さて、どうするか」

隼人は足元に視線を落とした。事件にかかわった者たちのつながりが見えてきたが、まだ、富沢屋や室田屋のことは分かっていない。

「政左衛門を捕らえやすか」

利助が意気込んで言った。

「まだ、早い。……いま、政左衛門を捕らえれば、肝心の崎田や浅野に逃げられてしまうぞ。それに、富沢屋と室田屋の件も、曖昧《あいまい》になってしまう」

「そうか」

利助が肩を落とした。

三人は、いっとき虚空《こくう》に視線をむけて黙考していたが、

「父上、富沢屋と室田屋に、当たってみますか」

と、菊太郎が身を乗り出すようにして言った。

「そうだな。まず、富沢屋の件を洗いなおしてみるか。富沢屋のことが知れれば、室田屋のことも、見えてくるはずだ」

隼人は、崎田たちとのかかわりが知れているので、それほど手間はかからないと踏んだ。

「これから富沢屋へ行きやすか」

利助が意気込んで言った。

「行こう」

隼人たち三人は、富沢屋へむかった。

隼人たちが富沢屋の暖簾《のれん》をくぐると、座敷の左手の帳場格子の奥に座していた番頭の益造が慌てた様子で立ち上がった。益造は隼人たちと話したことがあったので、知っていたのだ。

益造は上がり框《がまち》のそばに来て座ると、

「八丁堀の旦那、何か御用でしょうか」

声をひそめて訊いた。他の客に気を遣《つか》ったらしい。

「事件のことが、だいぶ見えてきたのだがな。まだ、下手人を捕らえることはできぬ。それで、あらためて訊きたいことがあるのだ」

隼人が、益造だけに聞こえる声で言った。

「どうぞ、お上がりになってください」

そう言って、益造は隼人たち三人を両替の場になっている座敷に上げた。

益造が隼人たちを連れていったのは、以前話を聞いた帳場の奥の座敷だった。

益造は客のために用意してあった座布団を出して、隼人たち三人を座らせると、自分は畳の上に膝を折り、

「下手人のことで、何か知れたのでしょうか」

と、声をひそめて訊いた。

「知れた。主人の豊蔵を襲って、斬り殺した武士の見当もついている。やはり、辻斬《つじぎ》りではないようだ」

隼人が、はっきりと言った。

「そうですか」

益造は表情を変えなかった。

隼人は、当初から豊蔵を斬ったのは、辻斬りではないと話していたので、益造もそう思っていたにちがいない。

「辻斬りではないし、懐《ふところ》の金を狙って襲ったとも思えぬ」

隼人が言った。

益造は、端座《たんざ》したまま隼人の次の言葉を待っている。

「豊蔵を襲ったのは、腕の立つ武士だ。しかも、ふたりで襲ったと思われる。……そのことからも、辻斬りや通りすがりの者の犯行ではないとみていいだろう」

隼人が言った。

「では、何者が何のために、主人を襲ったのでしょうか」

益造が身を乗り出すようにして訊いた。

「何者かが、相応の金を出して殺しを頼んだとみている」

隼人が断定するように言った。

「だ、だれが、主人を殺すように頼んだのです」

益造が、声をつまらせて訊いた。

「主人の豊蔵の死を望み、腕のたつ武士に殺しを頼むだけの大金を持っている者だな」

「……！」

益造が目を剝《む》き、息を呑《の》んだ。

「これだけ話せば、武士に殺しを頼んだのは、商売敵《がたき》の川澄屋の者と思うだろう。だが、決め付けられない。確かな証拠もない。それに、いま騒ぎ立てれば、捕らえるのが余計難しくなる」

隼人が静かだが、重いひびきのある声で言った。

「は、はい」

益造が、声を震わせて応《こた》えた。

「それでな、改めて訊きたいことがあるのだ」

「てまえが、知っていることは、どんなことでもお話しします」

「では、訊くぞ。……川澄屋を贔屓《ひいき》にしている客が、富沢屋に来るようになって揉《も》めたという話は以前聞いたが、他に川澄屋といざこざはなかったか」

隼人が益造を見すえて訊いた。菊太郎と利助は、隼人の脇に座してふたりのやり取りに耳を傾けている。

「これといった話は、聞きませんが……。ただ、川澄屋さんとは、先代の松之助《まつのすけ》さんの代からの商売敵でして」

益造は言いにくそうに語尾を濁した。益造によると、いまの店主は、峰五郎《みねごろう》という名だという。

「そうか」

隼人はいっとき目をとめていたが、

「川澄屋の者が、武士といっしょにいるのを見たことはないか。あるじの峰五郎でなくともいい」

と、益造を見つめて訊いた。

「ございます。それも、二度」

益造が身を乗り出すようにして言った。

「武士といっしょにいたのは、番頭か」

「いえ、手代《てだい》です」

「手代だと」

隼人は聞き直した。

「手代の弥之吉《やのきち》です」

益造によると、弥之吉は手代のなかでは信頼が厚く、主人の私的な用事で動くこともあるという。

「弥之吉なら、豊蔵殺しのことも知っていそうだな」

隼人が虚空を見すえて言った。

三

翌日、隼人、菊太郎、利助の三人は、昼前から日本橋本石町に来ていた。三人は、川澄屋の斜向かいにある瀬戸物屋の脇に身を隠していた。三人のそばに、もうひとり若い男の姿があった。富沢屋の手代の浅次郎《あさじろう》である。

昨日、隼人が富沢屋の番頭の益造に、「川澄屋の手代の弥之吉を教えてくれ」と頼むと、「明日、てまえの店の手代の浅次郎に訊いてくだされ」と言うので、今朝、浅次郎を同行させたのだ。

隼人たち四人は、川澄屋の店先に目をやっていた。川澄屋には客たちが頻繁に出入りしていた。手代らしい奉公人も、客といっしょに店先に姿を見せた。上客を店先まで見送りに来るのだ。

隼人たちがその場に身を潜めて、半刻（一時間）ほど経《た》ったろうか。ふいに、浅次郎が身を乗り出すようにして、

「弥之吉です！　いま、商家の旦那を見送りに出てきた男です」

浅次郎が店先を指差して言った。

「あの男か」

隼人が言った。

弥之吉は、二十代半ばであろうか、痩身《そうしん》で、背の高い男だった。弥之吉は客を送り出すと、踵《きびす》を返して店にもどってしまった。

「何とか、あの男を捕らえて話を聞きたいが、店に踏み込んで押さえるわけにはいかないな」

「店を離れるときもあるのですが、いつになるか……」

そう言って、浅次郎が首を横に振った。

「あの男を店から引き離す手はないかな」

隼人は、弥之吉を店から離れた場所で捕らえたいと思った。しばらく、町方に捕らえられたことを秘匿《ひとく》しておくためである。

「あっしが、連れてきやしょうか」

利助が言った。

「そんなことができるのか」

「まだ、弥之吉はあっしの顔を知らねえはずだ。崎田の名を出させば、店先から引き離すことができるかもしれねえ」

利助が、川澄屋の店先を見すえて言った。いつになく利助は、厳しい顔をして言った。やり手の岡っ引きらしい凄《すご》みがある。

「利助に頼む」

「やつが店から出てきたら、この近くまで連れ出しやす」

利助が店先に目をやったまま言った。

それから、半刻も経ったろうか。

「弥之吉だ！」

浅次郎が川澄屋の店先を指差して言った。

弥之吉が、恰幅《かっぷく》のいい商家の旦那ふうの男といっしょに店から出てきた。上客の見送りに出てきたらしい。

「やつを連れ出しやす」

そう言い残し、利助は川澄屋の店先にむかった。


利助は、小走りに弥之吉に近付いた。そして、客を送り出し、店にもどろうとした弥之吉に身を寄せ、

「弥之吉さんですかい」

と、小声で訊いた。

「そうですが……。どなたです」

弥之吉が訊いた。手代らしい物言いである。

「あっしは、崎田の旦那に頼まれて来やした」

利助が崎田の名を出した。

すると、弥之吉の顔色が変わった。顔の愛想《あいそ》笑いが拭い取ったように消え、利助にむけられた目が、鋭いひかりを宿している。

「崎田の旦那は、弥之吉さんに話があるらしく、近くで待ってます」

利助が、言った。

「崎田の旦那は、どこにいるんです」

弥之吉が声をひそめて訊いた。

「そこの瀬戸物屋の脇でさァ」

利助はそう言って、弥之吉を瀬戸物屋の脇まで連れていった。

そのとき、隼人と菊太郎が飛び出した。隼人は弥之吉の前に、菊太郎は背後にまわり込んだ。ふたりとも抜き身を手にしている。

弥之吉は、ギョッとしたようにその場に立ちすくんだ。

そこへ、隼人が近付き、

「動くな！」

と言って、弥之吉の鼻先に切っ先を突き付けた。

弥之吉は、凍り付いたように身を硬くしてその場につっ立った。

「縄をかけろ！」

隼人が利助に声をかけた。

利助は素早く弥之吉の背後にまわり、その両腕を後ろにとって縄をかけた。利助は岡っ引きだけあって、こうしたことは手際がいい。

「猿轡《さるぐつわ》をかましやすか」

利助が隼人に訊いた。

「そうしてくれ」

隼人が言うと、すぐに利助が弥之吉に猿轡をかました。そして、猿轡が見えないように、手拭いで頬《ほ》っかむりをさせた。

「弥之吉は、おれたちが連れていく」

隼人が、浅次郎に言った。

隼人たちは、人目を引かないよう人通りの多い表通りを避け、裏路地や新道などをたどって日本橋川にかかる江戸橋を渡った。そして、楓川にかかる海賊橋を渡り、南茅場町にある大番屋《おおばんや》に連れ込んだ。

そこは調べ番屋《ばんや》とも呼ばれ、仮牢《かりろう》もあった。捕らえた罪人を小伝馬町の牢屋敷に送るまで留め置く場である。

隼人は、弥之吉を仮牢に入れておくつもりで連れてきたのだが、先に弥之吉から話を聞こうと思い、吟味の場の土間に座らせた。

通常は罪人を土間に座らせ、一段高い場に吟味方の与力《よりき》が座して、罪人を吟味するのだが、隼人は弥之吉の脇に立った。同心である隼人が、与力の場である座敷に座るわけにはいかない。

弥之吉の背後には、竹竿《たけざお》を手にした番人がふたり、厳《いか》めしい顔をして立っていた。吟味のおりに、下手人が訊問《じんもん》に答えないと、竹竿で叩《たた》くのである。

利助と菊太郎は土間の隅に立って、隼人と弥之吉に目をむけていた。ふたりとも緊張した顔付きをしていた。大番屋の吟味の場に入るのは初めてなのだろう。

土間に座らされた弥之吉は、青褪《あおざ》めた顔で体を顫《ふる》わせていた。土間に敷かれた筵《むしろ》の上に座っているのがやっとである。

「弥之吉、訊いたことに答えねば、痛い思いをすることになるぞ」

隼人が弥之吉を見据えて言った。隼人の顔にも、ふだんと違う凄みがあった。

四

「弥之吉、崎田玄三郎と浅野源九郎を知っているな」

隼人がふたりの名を出して訊いた。

「……」

弥之吉は、口を閉じたまま身を顫わせている。

「何とか言ったらどうだ！」

隼人が語気を強くした。

だが、弥之吉は口を開かなかった。すると、弥之吉の背後にいたふたりの番人が、

「申し上げな！」「申し上げな！」と声をかけ、手にした竹竿で、弥之吉の背を叩いた。

弥之吉は叩かれる度に背を反らせ、苦しげな呻《うめ》き声を上げた。

「崎田と浅野を知っているな」

隼人が同じことを訊いた。

「し、知ってます」

弥之吉が声をつまらせて言った。

「富沢屋のあるじの豊蔵を殺したのは、何者だ」

隼人は、弥之吉を見据えて訊いた。

「…………」

弥之吉は、何も言わなかった。

「崎田玄三郎と浅野源九郎であろう」

隼人は、あらためてふたりの名を出して訊いた。

「……」

弥之吉は、口をひらかなかった。

「崎田と浅野だな！」

隼人が語気を強くして訊いた。

「そ、そうで……」

弥之吉が声を震わせて言った。

「崎田と浅野は、なぜ豊蔵を殺した」

「つ、辻斬りかもしれません」

弥之吉が言った。

「違うな。辻斬りが、二人組でやるはずはない。それに、寂しい場所で襲うなら分かるが、夜とはいえ表通りで豊蔵は殺されているのだぞ」

「……」

弥之吉はまた口をつぐんだ。

「豊蔵殺しを頼んだな」

隼人が弥之吉を見すえて訊いた。双眸《そうぼう》が刺すようなひかりを宿している。

「……」

「崎田たちに頼んだのは、おまえだな」

隼人が念を押すように訊いた。

「し、知りません」

弥之吉が声をつまらせて言った。

するとふたりの番人が「申し上げな」「申し上げな」と声をかけ、先程より強く竹竿で弥之吉を叩いた。

弥之吉は叩かれる度に悲鳴を上げ、体を捩《よじ》るように動かした。

「おまえだな」

隼人が語気を強くして訊いた。

「た、頼まれて……」

弥之吉が身を捩りながら言った。

ふたりの番人は、弥之吉が答えると、すぐに竹竿で叩くのをやめた。

「だれに頼まれた」

「あ、あるじに……」

「峰五郎か」

「はい」

「峰五郎は、崎田たちのことをどこで知ったのだ」

隼人は、商家のあるじが剣術道場をひらいている崎田や浅野のことを知っているとは、思えなかった。

「崎田さまたちが店にみえて、あるじに話したのです」

「どう話したのだ」

「揉め事があったら、おれたちで始末してやる、とあるじに話したようです。……あるじは半信半疑で、頼んだのです」

弥之吉が隠さずに話した。いくぶん、声の震えが収まっている。話したことで、気持ちが楽になったのかもしれない。もっとも、大番屋の白洲《しらす》に座らされていては、よほどの豪の者でなければ、口を割るだろう。

「様子が知れてきたな」

隼人は、そうつぶやいた後、

「ところで、崎田と浅野の他にも仲間がいるな」

と、訊いた。隼人は、豊蔵だけでなく、木村屋の善兵衛や薬種問屋の室田屋喜兵衛が殺されていることからみて、崎田と浅野の他に、狙った相手が店を出たおりの行き先や帰り道などを探る者がいると踏んでいた。

「遊び人ふうの男が、いっしょにいるのを何度か見掛けました」

弥之吉が言った。

「その男の名は」

「聞いてません」

すぐに、弥之吉が言った。

「そうか」

隼人は、弥之吉が男の名を隠しているとは、思わなかった。

「何かあったら、訊いてくれ」

隼人が、利助と菊太郎に目をやって言った。

五

利助が、弥之吉の脇に立ち、

「薬種問屋の室田屋を知っているな」

と、訊いた。どうやら、利助は室田屋のことも弥之吉から訊くつもりらしい。

「知ってます」

弥之吉が小声で言った。

「室田屋の主人の喜兵衛が、殺されたことは知ってるかい」

利助がふだんの物言いで訊いた。

「耳にしました」

「喜兵衛を殺したのは、崎田と浅野だな」

利助が念を押した。

「し、知りません」

「崎田や浅野が話してるのを耳にしたことがあるんじゃァねえのかい」

「室田屋さんのことを話していたのは聞きましたが、喜兵衛さんを殺したことは聞いてません」

弥之吉が、声を大きくして言った。

「そうかい。……ところで、崎田と浅野だが、いつもふたりでつるんでいるのかい。二本差しがふたりで狙った相手を探ったり、跡を尾《つ》けたりするとは思えねえんだがな。場所によっては、二本差しは目立つからな」

利助が訊くと、弥之吉は戸惑うような顔をして口をつぐんでいたが、

「仙次《せんじ》という男が、いろいろ探って崎田さまたちに話しているようです」

と、声をひそめて言った。

「仙次の塒《ねぐら》は」

すぐに、利助が訊いた。

「長屋住まいのようです」

「どこにある長屋だ」

「亀井町と聞きました」

「亀井町だけじゃぁ分からねえ。他に何か聞いていることがあるだろう」

「てまえは長屋に行ったことがないので、はっきりしませんが、崎田さまの道場に行く道筋で、近くにそば屋があるそうです」

「そば屋な」

利助はそれだけ訊くと、隼人と菊太郎に目をやり、「話を聞きやした」と小声で言って身を引いた。

「利助、うまく聞き出したではないか。……八吉を思い出したぞ」

そう言って、隼人が相好《そうごう》をくずした。

隼人はふたりの番人に、弥之吉を牢に入れておくよう話してから大番屋を出た。

「どうしやす」

利助が隼人に訊いた。

「今日は、これまでだな。明日、亀井町に行ってみるか」

隼人が利助に目をやって言った。

「仙次の塒をつきとめるんですかい」

「そのつもりだ。それに、崎田の道場も見ておきたい。何か動きがあったかもしれん」

隼人は、何とか崎田と浅野の潜伏先をつきとめたいと思った。それには、仙次を捕らえて口を割らせるか、道場の近辺で探るしかないだろう。

隼人と菊太郎は、大番屋の前で利助と別れた。今日は、このまま八丁堀の組屋敷に帰るつもりだった。


隼人と菊太郎が組屋敷にもどり、庭に面した座敷でくつろいでいると、戸口に近付く足音がした。だれか来たようだ。

足音につづいて、戸口でおたえと天野の声がした。

「天野か」

すぐに、隼人は腰を上げた。

隼人は戸口へ行き、天野と顔を合わせると、

「天野、何かあったのか」

すぐに、訊いた。

「先程、長月さんと菊太郎さんの姿を見掛けましてね。木村屋の善兵衛と手代が殺さ

れた件《くだん》の探索をつづけているのを見て、それがしにもできることがあればと思って、来てみたのです」

天野は、木村屋の善兵衛と手代殺しの探索にしばらく当たっていたようだが、このところ姿を見掛けなくなっていた。

定廻《じょうまわ》り同心の天野は、市中で起きた事件の探索にあたるが、同時に市中巡視も欠くことができない。それで、事件が長引くと、どうしても探索がおろそかになってくるのだ。

「そうか。まァ、上がってくれ」

隼人は、天野を座敷に上げた。

三人は、庭に面した座敷に腰を落ち着けると、

「だいぶ、様子が知れてきたよ」

と、隼人が言って、これまで探ったことを一通り話した。

「さすが、長月さんと菊太郎さんだ。そこまで、調べが進んでいるとは思いもしませんでした」

天野が驚いたような顔をして言った。

「それでな、まず、仙次の塒をつきとめるつもりだ」

隼人は、仙次を捕らえて訊問すれば、崎田と浅野の居所も知れるとみたのだ。

「それがしも、何かできることがありますか」

天野が訊いた。

「いまはないが、崎田と浅野の居所が摑《つか》めたら、おぬしの手を借りるかもしれん」

隼人が言った。崎田と浅野の身辺に門弟だった者たちが何人かいるようだったら、天野に捕方を出してもらうことになるかもしれない。

「そのときは、声をかけてください」

「頼むぞ」

隼人が、天野に言った。川澄屋や増田屋が、殺しを崎田たちに依頼したことがはっきりしたときも、天野の手を借りて捕方をむけ、依頼人を捕縛《ほばく》することになるだろう。

六

隼人と菊太郎が組屋敷の戸口から出ると、見送りに来たおたえが、

「ふたりとも、気をつけてね」

と、心配そうな顔で言った。

このところ、隼人と菊太郎は連日のように、事件の探索に当たっていた。隼人たち

の話から、下手人のなかに武士がいることを知ったおたえは、ふたりのことを心配しているようだった。

「おたえ、案ずるな。菊太郎はだいぶ腕を上げてな、余程の相手でなければ、後れをとるようなことはない」

隼人が言うと、

「父上が、そばにいてくれるので安心です」

菊太郎が声高に言った。

「それに、おれも菊太郎も無理はせぬ」

隼人はそう言い残し、菊太郎とともに路地木戸から出た。

ふたりが江戸橋のたもとまで行くと、利助が待っていた。ここで、待ち合わせることになっていたのだ。

「待たせたか」

隼人が訊いた。

「あっしも、来たばかりでさァ」

「行くか」

「へい」

隼人たちは、入堀沿いの道を北にむかった。

そして、小伝馬町に出ると、表通りを東にむかってしばらく歩き、小伝馬町三丁目に入ったところで、左手に折れた。町屋のつづく通りをさらに歩いて亀井町に出た。

亀井町に入って見覚えのある道をたどると、稲荷《いなり》が見えてきた。稲荷の先に、崎田の道場がある。

隼人たちは路傍に立って、道場に目をやった。以前見たときと変わらず、表戸はしまっているようだ。近くに、門弟らしい男の姿も見えない。

「様子を見てきやしょうか」

利助が訊いた。

「いや、いい。先に、仙次を捕らえるつもりだ」

隼人は念のために道場を見に来ただけで、崎田や浅野に手を出す前に、仙次を捕らえるつもりだった。

仙次は、崎田と浅野の手引き役らしい。仙次を訊問すれば、事件の大筋が見えてくるはずだ。

「仙次の塒は、そば屋の近くの長屋と言ってやした」

利助が言った。

「来る途中、そば屋があったな」

　隼人は、ここに来る途中、道沿いにあったそば屋を目にしていた。ただ、そば屋の近くに長屋らしい建物は見当たらなかった。

「ともかく、そば屋の近くまで引き返そう」

　隼人たちは、来た道を引き返した。そして、そば屋の近くまで来てあらためて周囲に目をやったが、やはり長屋らしい建物は見当たらない。

「この近くでは、ないのかな」

　隼人が周囲に目をやりながら言った。

「あっしが、そば屋で訊いてきやす」

　利助はそう言い残し、ひとりでそば屋にむかった。

　いっときすると、利助はそば屋から出てきた。そして、隼人たちのそばに足早に戻ってくると、

「長屋は、そこの路地を入った先だそうで」

　と言って、そば屋の脇の路地を指差した。

「行ってみよう」

　隼人たちは、路地に入った。

路地沿いに、八百屋や下駄屋など小体《こてい》な店がまばらに建っていた。仕舞屋《しもたや》や空き地なども目につく。

路地をいっとき歩くと、前方に棟割り長屋らしい建物が見えてきた。二棟並んでいる。隼人たちは長屋の近くまで行くと、通りかかったすこし腰の曲がった男に目をとめた。粗末な身装《みなり》の老齢の町人だった。

隼人は男の前に足をとめ、

「そこの長屋の住人か」

と、小声で訊いた。

男は驚いたような顔をして、隼人を見たが、

「そ、そうで……」

と、声をつまらせて言った。

「長屋に仙次という男が、住んでいると聞いてきたのだがな。知っているか」

隼人が穏やかな声で訊いた。

「仙次ですかい」

男は記憶をたどるような顔をして、いっとき口をつぐんでいたが、

「遊び人の仙次ですかい」

と念を押すように言って、顔に嫌悪の色を浮かべた。

「そうだ」

隼人は、仙次が遊び人かどうかは知らなかったが、仕事には就かず、遊び歩いていることが多いのだろう、と推測したのだ。

「仙次なら長屋にいやす」

「ひとりか」

「おたきってえ、女といっしょでさァ」

「おたきは、仙次の女房か」

「飲屋の女を連れ込んだんで」

男が吐き捨てるように言った。

さらに、隼人は仙次の家が長屋の棟のどこにあるか訊いてから、男の前から離れた。すこし離れた路傍に立っていた菊太郎と利助に、

「話を聞いていたな」

と、隼人が訊いた。

「聞きやした」

「よし、仙次を捕らえよう」

隼人が言うと、菊太郎と利助がうなずいた。

七

隼人が先にたって長屋の路地木戸をくぐった。そして、東西に二棟並んでいるうちの東側の棟の脇まで来ると、足をとめ、

「仙次の家は、手前からふたつ目だそうだ」

と、隼人が声をひそめて言った。

腰高《こしだか》障子が並んでいた。一棟に、四軒の家がある。

「仙次がいるか、あっしが見てきやす」

利助が忍び足で、手前からふたつ目の家に近付いた。

利助はふたつ目の家の前まで行くと、腰高障子の破れ目からなかを覗《のぞ》いた。そして、すぐに、隼人たちのそばにもどってきた。

「いやした。女といっしょでさァ」

利助によると、遊び人ふうの男が、年増《としま》を相手に座敷で貧乏徳利《どっくり》の酒を湯飲みで飲んでいるという。

「捕らえよう」

隼人が、先にたった。利助と菊太郎がつづく。

隼人は腰高障子の前まで来ると、利助と同じように破れ目からなかを覗き、家のなかの様子を見てから、腰高障子をあけた。

「だれだ！　てめえは」

男が湯飲みを手にしたまま叫んだ。男の脇に座している年増が、驚いたような顔をして隼人を見た。おたきであろう。

「仙次、神妙にしろ！」

隼人は、土間から座敷に上がった。利助と菊太郎は、隼人につづいて土間に入った。利助は十手を手にしている。

「町方か！」

仙次は叫びざま、手にした湯飲みを隼人にむかって投げた。

隼人は湯飲みをかわすと、抜刀して刀身を峰《みね》に返した。峰打ちで仙次を仕留めるつもりだった。

ヒイイッ！

おたきがひき攣《つ》ったような声を上げ、這《は》って座敷の隅に逃げた。

「やろう！　殺してやる」

仙次は懐から匕首《あいくち》を取り出した。

仙次は立ち上がると、匕首を胸の前で身構えようとした。

「遅い！」

と、隼人は言いざま、すばやく踏み込んで刀を横に払った。一瞬の太刀捌《たちさば》きである。

峰打ちが、千次の脇腹をとらえた。

仙次は手にした匕首を取り落とし、呻き声を上げてよろめいた。そこへ、利助と菊太郎が踏み込んできた。利助が仙次の肩先を摑み、足をかけて畳に押し倒した。菊太郎が、俯《うつぶ》せになった仙次の両腕を後ろ手にとった。ふたりの素早い連携である。

「縄をかけやす！」

利助が腰にぶら下げていた捕縄《ほじよう》を手にし、仙次の両腕を後ろ手に縛った。仙次は苦しげな呻き声を上げているだけで、抵抗しなかった。いや、菊太郎に押さえ付けられて抵抗できなかったのだ。

利助は仙次に縄をかけ終えると、

「この女、どうしやす」

座敷の隅に蹲《うずくま》っているおたきに目をやって訊いた。

「おたきも連れていく」

隼人は、おたきを捕らえるつもりはなかったのだが、この場に残していけば、仙次が捕方に捕らえられたことを仲間たちに話すだろう。話を聞いた仲間たちは、姿を隠してしまうにちがいない。

隼人たちは、おたきを後ろ手に縛り、ふたりに猿轡をかました。近くの番屋に連れていって話を聞くつもりだった。それまでは騒ぎ立てないように、口を封じたのである。

隼人たちが仙次とおたきを連れていったのは、亀井町からすこし離れた小伝馬町にある自身番《じしんばん》だった。そこで、仙次から話を聞こうと思った。町方同心は捕縛した者を近くの自身番に連れ込んで、話を聞くことがある。

隼人は番人に、捕らえたふたりを訊問することを伝え、まず仙次を奥の座敷に連れていった。おたきは戸口近くの座敷で、番人に見てもらうことにした。

隼人は後ろ手に縛られ、座敷に座した仙次を前にし、

「仙次だな」

と、名を確認した。

仙次は青褪めた顔で隼人を見上げ、ちいさくうなずいた。すでに名は知られていると思ったのだろう。

「崎田玄三郎を知っているな」

隼人が穏やかな声で訊いた。

仙次は、そっぽを向いたまま口をひらかなかった。体が小刻みに顫えている。

「いまさら隠してどうなる。おまえが、崎田たちと話しているのを見た者がいるのだ」

隼人はそう言った後、

「崎田を知っているな」

と、語気を強くして訊いた。

「知ってやす」

仙次が首をすくめて言った。崎田のことは、隠しても仕方がないと思ったのかもしれない。

「どこにいる」

隼人が訊くと、仙次は戸惑うような顔をしたが、

「道場かもしれねえ」

と、小声で言った。

「道場は閉じたままだ。他のところにいるはずだぞ」

すぐに、隼人が訊いた。

「どこにいるか、知らねえ」

「崎田は、どこにいる！」

隼人は語気を強くして訊くと、刀を抜き、切っ先を仙次の頰《ほお》に当てた。そして、刀身をすこし引いた。

ヒイイッ！

仙次は悲鳴を上げて、首をすくめた。頰から、血が赤い筋になって流れ落ちている。

「次は、鼻を削《そ》ぐぞ。おまえが抵抗したため、誤って斬ったことにすれば、それで済むからな」

隼人はそう言って、切っ先を仙次の鼻先にむけ、

「崎田はどこにいる」

と、あらためて訊いた。

「お、おそらく道場の裏手に……」

仙次が声をつまらせながら話したことによると、道場が潰れた後しばらくの間、道場主の崎田と女房は、道場の裏手にある母屋から出ていっていたという。そして崎田は、妻女を親戚筋の家に預け、自分は情婦《いろ》のところへ身を隠していたそうだ。ところ

が、半月ほど前、ひそかに母屋にもどったという。理由は、女房たちも親戚筋の家に居候《いそうろう》のように暮らすのは楽ではなかったし、町方が裏手の家に目をつけた様子もなかったからだ。また、それを機に、崎田家の食客として暮らしていた浅野も戻ってきたのだそうだ。

「裏手に家があるのか」

隼人が念を押すように訊いた。

「母屋がありやす」

「そこに浅野もいるというのだな」

「は、はい」

「そうか」

隼人は、とにかくその母屋に、崎田や浅野がもどっているかどうか確かめてみようと思った。

八

隼人たちは、捕らえた仙次を弥之吉と同じ南茅場町にある大番屋に連れていって、仮牢に入れた。事件にかかわった他の者が捕らえられてから、吟味方の与力の手で吟味されるはずだ。

仙次を捕らえた翌日、隼人、菊太郎、利助の三人は、あらためて、亀井町にむかった。そして、遠方に崎田の道場が見えてきたところで、路傍に足をとめた。

道場はしまったままで、剣術の稽古の音は聞こえなかった。今日も稽古はやっていないようだ。

隼人たち三人は、道場の裏手に目をやった。板塀でかこわれている。その板塀のむこうに、松や紅葉《もみじ》などの庭木らしい樹木と家の屋根が見えた。母屋らしい。

「崎田や浅野はいるかな」

隼人が小声で言った。

「あっしが、様子を見てきやしょう」

利助が言った。

「気付かれるなよ」

隼人は、遣い手の崎田に気付かれて襲われれば、利助の命はないと思った。

「板塀の陰から覗いて見るだけでさァ」

そう言い残し、利助はひとりで母屋にむかった。

利助は道場に近付くと、路傍に足をとめた。そして、聞き耳をたてた。道場はひっそりとして、剣術の稽古の音はむろんのこと、人声も足音も聞こえなかった。

……道場には、だれもいねえ。

利助は道場にだれもいないことを確かめると、道場をかこった板塀に身を寄せて奥にむかった。

道場の裏手には、松や梅、紅葉などが植えられた狭い庭があった。その庭に面して、母屋がある。それほど大きな家ではなかった。

利助は足音を忍ばせ、板塀沿いを裏手にむかった。そして、母屋の脇まで来ると、足をとめて聞き耳をたてた。

……いる！

家のなかから、かすかに床板を踏むような足音が聞こえた。廊下を歩いているらしい。足音はすぐに聞こえなくなり、つづいて人声がした。男が座敷で別の男と話しているようだ。かすかな声だったので、話の内容は聞き取れなかったが、武家言葉であることは分かった。

そのとき、「崎田どの」と呼ぶ声が聞こえた。崎田はいるようだ。それから、話し声はしばらくつづいたが、やがて急にやんだ。そして、障子をあける音がし、廊下を歩く音に変わった。ひとり座敷を出たらしい。

利助はしばらく聞き耳をたてていたが、ときおり床板を踏む音や障子をあけしめする音が聞こえただけで、話し声は聞こえなかった。

利助はその場を離れ、板塀をたどって通りに出ると、隼人と菊太郎のいる場にもどった。

「どうだ、家の様子は」

すぐに、隼人が利助に訊いた。

「崎田はいやした」

利助はそう言った後、母屋で男が崎田どのと呼ぶ声が聞こえたことを話した。

「崎田と呼んだ男は、浅野ではなかったか」

隼人が訊いた。

「あっしも、そうみやしたが、はっきりしねえんでさァ」

利助は、浅野と呼ぶ声は耳にしなかったことを言い添えた。

「仙次は、崎田たちは母屋にはひっそりと戻ったと言っていた。門人ということはないだろうから、浅野じゃないかな」

隼人が言った。

「どうします」

菊太郎が訊いた。

「崎田と浅野、ふたり揃《そろ》っているとなると、今日は仕掛けられないな」

隼人は、利助と菊太郎の三人で裏手の母屋に踏み込んだら、犠牲者が出るとみた。相手はふたりだが、いずれも剣の遣い手である。

「天野の手を借りるか」

隼人が言った。

「捕方も連れて踏み込むのですか」

菊太郎が訊いた。

「そうだ」

「大勢で、母屋を襲うのですね」

「いや、捕方は数人でいい」

隼人が言った。捕方が大勢で仕掛けると、何人もの犠牲が出るだろう。数人の捕方が遠巻きにして、天野とともに、崎田と浅野の逃げ道を塞げばいい、と隼人は思った。

「ふたりは剣の遣い手だ。下手に仕掛けると、大勢の犠牲者が出る。できれば、おれと菊太郎の手で、ふたりを仕留めたい」

隼人はそう言ったが、菊太郎と捕方たちでひとりの逃げ道を塞ぎ、隼人がひとりを斬った後、さらにもうひとりを討ちたいと思った。まだ、菊太郎の腕では、崎田はむろんのこと浅野を討つこともできないはずだ。

「これから、八丁堀に帰って、天野さまに話しますか」

菊太郎が言った。

「そうしよう」

隼人たちは、その場を離れた。

隼人と菊太郎は途中利助と別れ、家に帰る前に天野の住む組屋敷に立ち寄って、天野に会った。

隼人が、崎田道場の裏手の母屋に、崎田と浅野が身を隠していることを話し、

「ふたりを討ち取りたいので、手を貸してくれ」

と、言い添えた。

隼人は、ふたりを捕らえるとは言わなかった。初めから、ふたりを生きたまま捕らえるのは難しいとみていたのだ。下手に捕らえようとして捕方が取り囲んだりすれば、大勢の犠牲者が出るだろう。

「承知しました」

天野が顔をひきしめて言った。

第五章　捕縛

一

「ふたりとも、無理をしないで」

路地木戸の外まで見送りに来たおたえが、隼人と菊太郎に声をかけた。心配そうな顔をしている。

昨夜、隼人がおたえに、「明日、天野にも手を借りて、ふたりの武士を討つことになった」と話したのだ。隼人が、「ふたりを討てば、事件の山を越える」と言い添えたこともあり、おたえは、大捕物になると、思ったらしい。それで、おたえは、隼人と菊太郎を路地木戸の外まで見送りに来て、声をかけたのだ。

「おたえ、案ずるな。おれも菊太郎も、危ない橋を渡るようなことはせぬ」

隼人はそう言ったが、今日は崎田と浅野を討つつもりだった。危ない橋を渡ることになるだろう。

隼人と菊太郎は、途中、天野の住む組屋敷に立ち寄った。天野は、小者《こもの》の与之助《よのすけ》を連れて、隼人たちとともに亀井町にむかった。途中、江戸橋のたもとで十人ほどの捕方が待っていた。そのなかには、利助と綾次の姿もあった。利助が綾次に声をかけて、連れてきたようだ。

捕方たちは、天野が手配した岡っ引きや下っ引き、それに巡視のおりに供をさせる小者もいる。いずれも、捕物装束ではなかった。隼人たちは崎田と浅野を討ち取った後、日をあらためて、殺しを依頼した川澄屋や松永屋のあるじや事件にかかわった奉公人を捕縛《ほばく》するつもりだったので、人目を引かないように気を遣《つか》ったのだ。

「行くぞ」

隼人が天野に声をかけた。

天野は捕方たちに手で出発の合図を送った。

隼人たちは、捕方と気付かれないように間をとって歩いた。隼人と菊太郎が先にたち、亀井町に入って、遠方に崎田の道場が見えてきたところで、路傍《ろぼう》に足をとめた。

天野たち一隊は、隼人たちからすこし間をとって立っている。

「利助、母屋の様子を見てきてくれ」

隼人が、脇にいた利助に指示した。

利助はひとり、道場にむかった。そして、道場に近付くと、板塀沿いを歩き、裏手にある母屋の近くで足をとめた。

利助はいっとき母屋の様子をうかがっていたが、その場で引き返し、隼人たちのそばにもどってきた。

「崎田と浅野は、いたか」

すぐに、隼人が利助に訊《き》いた。

「いやした」

利助が、家のなかから話し声が聞こえ、ふたりとも武家言葉で崎田と浅野の名を口にしたことを言い添えた。

「よし、手筈《てはず》どおりだ」

隼人が、天野や捕方たちに聞こえる声で言った。

隼人と利助が先にたった。菊太郎と天野が後ろにつき、さらに捕方たちがつづいた。隼人たちの一隊は道場の前まで来ると、道場と板塀の間を足音を忍ばせて裏手にむかった。そして、母屋の前に出ると、庭の樹陰に身を寄せて母屋の戸口に目をやった。戸口は引き戸になっている。崎田たちが家にいるので、戸締まりはしていないはずだ。

家の中で、廊下を歩くような足音がした。話し声は、聞こえない。

「おれと利助とで、崎田と浅野を家の外に連れ出す。それまで、天野たちは身を隠していてくれ」

隼人が脇にいる天野に声をかけた。隼人は、狭い家のなかで斬り合うと何人もの犠牲者が出るとみたのだ。

天野は無言でうなずいた。天野は、珍しく緊張しているようだった。腕のたつ崎田と浅野を目の前にしているのだ。緊張して当然である。

「利助、行くぞ」

隼人が利助に声をかけ、ふたりで戸口にむかった。

戸口の板戸の前まで行くと、家のなかから話し声が聞こえた。崎田と浅野らしい。

隼人が引き戸に手をかけた。戸は簡単にあいた。敷居の先に土間があり、その奥が座敷になっている。

ふたりの武士が、座敷のなかほどに座していた。崎田と浅野である。ふたりの膝先に、貧乏徳利《どつくり》が置いてあった。酒を飲んでいたらしい。

「長月か！」

崎田が声を上げた。どうやら、崎田は隼人の名を知っているようだ。すでに、ふたりは戦ったことがあったので、顔は覚えている。

崎田といっしょにいた浅野は手にした猪口《ちよこ》を膝先に置き、刀を手にして腰を上げた。崎田も、すぐに刀を手にして立ち上がった。

「表に出ろ！」

隼人が声高《こわだか》に言った。

「ふたりか」

崎田が、隼人と利助に目をやって訊いた。

「ふたりだけで、踏み込むはずはなかろう。捕方が、何人か外にいる」

戸口から出れば、崎田たちは捕方にすぐ気付くだろう。それで、隼人は捕方がいることを隠さなかったのだ。

「捕方もいっしょか」

崎田が、戸惑うような顔をして浅野を見た。浅野は顔をしかめただけで、黙っている。

「外に出なければ、ここに踏み込むまでだ」

隼人が言った。

「よかろう。外で、皆殺しにしてくれる」

崎田が言うと、浅野もうなずいた。

隼人と利助は崎田たちに顔をむけたまま後退《あとじさ》り、敷居を跨《また》いで外に出た。

崎田と浅野は大刀を腰に帯びてから土間に下り、隼人たちにつづいて敷居を跨いだ。

隼人と利助のそばに、菊太郎が走り寄った。天野と捕方たちは、まだ樹陰に身を潜めている。

「小僧だけか」

崎田が言い、隼人たちの方へ歩み寄った。

そのとき、樹陰に身を潜めていた天野と捕方たちが姿をあらわし、崎田たちふたりを取り巻くように走り寄った。

「捕方か！」

崎田が叫んだ。

二

樹陰から走り出た捕方たちは、崎田と浅野から間を置いて取り囲んだ。手に手に十手や捕縄《ほじよう》を持っている。間を取ったのは、捕方から何人もの犠牲者を出さないためである。

「崎田、相手はおれだ」

隼人が崎田の前に立った。

「おのれ！」

崎田は憤怒《ふんぬ》に顔を赤くして抜刀した。

隼人も抜刀し、青眼《せいがん》に構えると、剣尖《けんせん》を崎田の目にむけた。腰の据わった隙《すき》のない構えである。

ふたりの間合は、およそ二間ほどだった。真剣勝負の立ち合いの間合としては近い。庭木の間で、対峙《たいじ》したため間合をひろくとれないのだ。

崎田は両腕を上げて八相《はっそう》に構えると、刀身を垂直に立て、切っ先で天空を突くように高くとった。大きな構えで、威圧感がある。

だが、隼人には驚きも恐れもなかった。すでに、この構えと対峙したことがあったからだ。

隼人は青眼に構えた刀身をすこし上げ、剣尖を崎田の刀の柄《つか》を握った左拳にむけた。八相に対応する構えである。

……八相から、真っ向に来る！

と、隼人は読んだ。

ふたりは、青眼と八相に構えて対峙したまま動かなかった。全身に気勢を漲《みなぎ》らせ、斬撃《ざんげき》の気配を見せて気魄《きはく》で攻め合っている。

捕方たちは、ふたりを遠巻きに取り囲んだまま動かなかった。崎田に十手をむけ、御用！　御用！　と声を上げている。

このとき、菊太郎は浅野と対峙していた。ふたりとも、青眼に構えている。ただ、ふたりの間合は、三間の余もあった。それに、天野をはじめ捕方たちが取り囲んでいるので、ふたりだけの勝負にはならないだろう。

……遣い手だ！

菊太郎は、胸の内で声を上げた。

浅野の青眼の構えには、威圧感があった。菊太郎の目にむけられた剣尖が、そのまま迫ってくるようだ。

だが、菊太郎は身を引かなかった。全身に気勢を漲らせ、斬撃の気配を見せて敵を攻めている。

「小僧、やるな」

浅野が小声で言った。子供だと思って侮っていた菊太郎が、剣の遣い手らしい隙のない構えをみせたからである。

それに、浅野は自分を取り囲んでいる天野をはじめとする捕方たちに、気を取られていた。下手に動けば、捕方たちに取り押さえられるだろう。

菊太郎と浅野は青眼に構えたまま動かなかったが、菊太郎が先《せん》をとった。

「行くぞ！」

菊太郎が声を上げ、足裏を摺《す》るようにしてジリジリと浅野との間合を狭め始めた。

だが、浅野は動かなかった。気を静めたまま、菊太郎との間合と斬撃の起こりを読んでいる。

ふたりの間合が、一足一刀の斬撃の間境《まざかい》まであと半間ほどに迫ったとき、ふいに菊太郎の寄り身がとまった。菊太郎はこのまま斬撃の間境を越えると、浅野に斬られる、と察知したのだ。

菊太郎は全身に気勢を漲らせ、斬撃の気配を見せて気魄で浅野を攻めた。気魄で攻め、敵の気を乱してから斬り込もうとしたのだ。

「どうした、臆病風に吹かれたか」

浅野が詰《なじ》るように言った。菊太郎を挑発して、踏み込んでこさせようとしたのだ。

このとき、菊太郎のそばにいた天野が、

「浅野を捕らえろ！」

と、捕方たちに声をかけた。菊太郎に踏み込ませまい、としたらしい。

御用！

御用！

と、声を上げ、十手を手にした捕方たちが、浅野に迫った。

浅野は菊太郎から身を引き、

「寄れば、斬るぞ！」

と、叫んで手にした刀を振り上げた。

これを見た菊太郎は、素早く浅野の左手にまわり込んだ。そして、浅野が隙を見せたら斬り込むつもりで、間合をつめた。

「捕れ！　相手はひとりだ」

天野が叫んだ。

捕方たちは、御用！　御用！　と声を上げ、浅野に迫っていく。だが、捕方たちも、浅野の切っ先がとどく間合には踏み込めない。

「かかってこい！」

浅野が、挑発するように捕方たちに声をかけた。

このとき、浅野の目が捕方たちにむけられ、構えがくずれたのを見た菊太郎は、イヤアッ！　と裂帛《れっぱく》の気合を発して、斬り込んだ。一瞬の反応である。踏み込みざま、袈裟《けさ》へ――。

咄嗟《とっさ》に、浅野は菊太郎に体をむけたが、間に合わなかった。菊太郎の切っ先が、浅野をとらえた。

ザクリ、と浅野の肩から胸にかけて、小袖《こそで》が裂けた。浅野は顔を苦痛にゆがめて後退った。

浅野は間合をひろく取ると、青眼に構えて切っ先を菊太郎にむけた。浅野の顔が苦痛に歪《ゆが》み、切っ先が震えていた。浅野の構えはくずれ、肩から胸にかけて流れ出た血で赤く染まっている。

「浅野、刀を引け！」

菊太郎が叫んだ。

「おのれ！　小僧」

浅野が叫びざま斬り込んだ。

振りかぶりざま真っ向へ――。だが、浅野の斬撃には、迅《はや》さも鋭さもなかった。

菊太郎は右手に踏み込みざま、刀身を横に払った。

浅野の切っ先は菊太郎の肩先をかすめて空を切り、菊太郎の切っ先が浅野の腹を横に斬り裂いた。

浅野は呻《うめ》き声を上げてよろめき、足がとまると、左手で腹を押さえて蹲《うずくま》った。

剣の腕は、菊太郎より、浅野の方がはるかに上だった。それでも、菊太郎が後れをとらなかったのは、捕方たちが菊太郎に味方したからである。

三

隼人は、崎田と対峙していた。隼人は青眼に、崎田は八相に構えたまま動きをとめている。ふたりは、斬撃の気配を見せて気魄で攻め合っていた。

このとき、浅野の呻き声が聞こえた。すると、崎田がすばやく身を引き、浅野の方に目をやった。

崎田は浅野が斬られて蹲っているのを見ると、さらに後退って隼人との間をとった。

そして、八相の構えをくずし、

「長月、勝負預けた！」

と叫び、抜き身を手にしたまま反転して走りだした。

崎田の後方にいた捕方たちが、慌てた様子で崎田の前にまわり込み、十手を崎田にむけた。崎田は足をとめずに捕方たちに迫っていく。

「引け！　手を出すな」

隼人が叫んだ。隼人は、捕方たちが崎田を捕らえようとして立ち塞《ふさ》がれば、大勢の犠牲者が出るとみたのだ。

隼人の声で、捕方たちは左右に逃げた。崎田は捕方たちの間を走り抜け、道場の脇へむかった。通りに出て、逃げるつもりらしい。

隼人と捕方たちは、崎田の後を追わなかった。崎田の逃げ足が速く、追いつけそうもなかったのだ。

崎田は、道場の脇から通りにむかって逃げていく。

隼人は崎田の後ろ姿が見えなくなると、菊太郎のそばに駆け寄った。地面に浅野が倒れている。

隼人につづいて、捕方たちも倒れている浅野のそばに集まってきた。

浅野は俯《うつぶ》せに倒れていた。浅野の腹の近くの地面が、傷口からの出血で赤い布を広げたように染まっている。

浅野はまだ生きていた。微《かす》かに体が上下し、乱れた息の音が聞こえる。

「菊太郎、大事ないか」

隼人が、菊太郎に身を寄せて訊いた。

「はい、天野さんに助けてもらいました」

菊太郎が天野に目をやって言った。

「おれは、何もせぬ。菊太郎さんが、浅野を討ち取ったのだ」

天野が苦笑いを浮かべて言った。

「いずれにろ、怪我《けが》がなくてよかった」

隼人はほっとした顔をした。

「父上、崎田は」

菊太郎が訊いた。

「逃げられたよ。あの男、逃げ足も速い」

隼人が、苦笑いを浮かべた。

そのとき、倒れている浅野が、グッと喉の詰まったような呻き声を洩《も》らし、体が硬直したように見えた次の瞬間、急にぐったりとなった。体の動きがとまり、息の音が聞こえない。

「死んだ……」

隼人が小声で言った。

それから、隼人は菊太郎と天野を連れて、母屋の戸口まで行ってみた。家のなかに、だれかいるのではないかと思ったのだ。

隼人たちが、戸口の前に立ったとき、家のなかから怯《おび》えきった女が出て来た。その姿が顫《ふる》えている。崎田の妻女であろう。おそらく妻女は何も知らず、崎田は妻女を残したまま、ひとりで情婦《いろ》のところにでも逃げたのではあるまいか。

隼人は、戸口の前に立ったままなかに入らなかった。

「長月さん、浅野の亡骸《なきがら》はどうします」

天野が小声で訊いた。

「このままでは妻女が気の毒だ。目立たぬ場所に運んでやれ」

隼人は、いずれ崎田はこの家の様子を見にもどってくるとみた。ただ、いつになるか分からないので、ここにとどまることはできない。

隼人たちは捕方を連れて八丁堀にむかった。途中、捕方たちの多くは隊から離れ、それぞれの家にむかっていった。

利助と綾次は江戸橋の近くまで来て、隼人たちと別れた。これから豆菊に帰るのである。

八丁堀の通りに入ると、隼人が天野に、

「これからのことを、相談したいのだ。おれの家に、寄ってくれないか」

と、声をかけた。

「寄らせてもらいます」

すぐに、天野は承知した。

隼人たち三人が組屋敷に着くと、おたえがほっとした顔をして隼人たちを出迎え、庭に面した座敷に天野を案内した。

隼人たちは座敷に腰を落ち着け、おたえが淹《い》れてくれた茶で喉を潤した後、

「明日にも、本石町にむかい、木村屋の善兵衛の殺しを頼んだと思われる増田屋の主人の政左衛門から、話を聞いてみるつもりだ」

そう言って、天野に目をやった。

隼人は、川澄屋の主人の峰五郎、それに、薬種問屋の松永屋のあるじの藤八郎からも話を聞くつもりだった。ただ、政左衛門を捕らえることになれば、川澄屋と松永屋は、後日ということになるだろう。

「わたしも、行きます」

天野が身を乗り出して言った。

「頼む」

隼人は、政左衛門を捕らえることになれば、天野の手を借りるつもりでいたのだ。

「捕方はどうします」

天野が訊いた。

「与之助だけでいい。おれは、菊太郎と利助だけを連れていくつもりだ」

隼人が言った。政左衛門が町方に抵抗するとは思えなかったので、与之助と利助がいれば十分である。

四

翌日、隼人、菊太郎、天野の三人は、利助と与之助だけを連れて本石町三丁目にある増田屋にむかった。

隼人たちは木村屋に立ち寄らず、店の前を通り過ぎた。木村屋は、店をひらいていたが、活気がなかった。主人の善兵衛を殺されたことが、まだ尾を引いているのかもしれない。

隼人たちは木村屋の前を通り過ぎ、増田屋の前まで来た。

「静かだな」

隼人が言った。客は頻繁に出入りしていたが、やはり何となく活気がないように感じられた。

「奉公人たちのせいかもしれません」

天野が店に目をやりながら言った。

「そうだな」

「町方が、崎田や浅野たちを襲ったことを耳にし、あるじの政左衛門は、自分にも捕方の手が伸びるとみて、身を潜めているのかもしれません」

「ともかく、政左衛門から話を聞いてみよう」

そう言って、隼人が先にたって、増田屋の暖簾《のれん》をくぐった。天野と菊太郎が、隼人の後につづいた。

土間の先の売り場には、客が何人もいた。それぞれの客に手代が対応し、反物を見せたり話をしたりしていた。いつもの店内と変わりないようだ。

隼人たちが店に入っていくと、戸口近くにいた手代が慌てた様子でそばに来て、

「八丁堀の旦那、何か御用でしょうか」

と、不安そうな顔をして訊いた。隼人たちの身装《みなり》から、八丁堀の同心と知ったようだ。

「あるじの政左衛門に、訊きたいことがあって来たのだ」

隼人がそう言うと、手代の顔色が変わった。

「お、お待ちください」

手代は声をつまらせて言い、すぐに店の奥の帳場格子の先にいる番頭に近付いた。

ふたりは何やら話していたが、番頭が慌てた様子で隼人たちのそばに来た。手代は売り場にもどっている。

「番頭の源兵衛《げんべえ》でございます」

番頭が不安そうな顔で名乗った。

「あるじの政左衛門に訊きたいことがある。ここに、連れてきてくれ」

隼人が高飛車に言った。

源兵衛の顔から血の気が引き、いっときその場で身を顫《ふる》わせたが、

「と、ともかく、お上がりになってください」

と言って、隼人たち三人を売り場に上げた。そして、帳場の奥にある小座敷に連れていった。そこは、特別な上客に反物を販売する場らしかった。

番頭は、隼人たちが腰を下ろすのを待ち、

「すぐに、主人を呼んでまいります」

と言い残し、慌てた様子で座敷から出ていった。

隼人たち三人が座敷に腰を下ろしていっとき待つと、廊下を歩く足音がし、障子があいて番頭と恰幅《かっぷく》のいい男が姿を見せた。男は四十がらみであろうか。小袖に角帯《かくおび》姿だった。あるじの政左衛門らしい。

ふたりは、隼人たちを前にして畳に座すと、

「て、てまえが、あるじの政左衛門でございます」

と、声を震わせて言い、深々と頭を下げた。

隼人は政左衛門が顔を上げるのを待って、

「政左衛門、おれたちといっしょに来てもらう」

と、いきなり言った。

政左衛門は息を呑《の》んで隼人を見ると、

「そ、そのようなことを、いきなり言われましても……。て、てまえには、お上の世話になるようなことをした覚えは、ございません」

と、声を震わせて言った。政左衛門の顔から血の気が失《う》せ、紙のように青褪《あおざ》めている。

「仙次という男を捕らえてな。話を聞いたのだ」

隼人が仙次の名を出した。

「存じません。仙次などという男は……」

「仙次だけでなく、おまえが殺しを頼んだ崎田たちからも話を聞いている」

隼人は、崎田と浅野から直接話を聞いてはいなかったが、あえてそう言ったのだ。

政左衛門は視線を膝先に落として、身を顫わせている。

「崎田は、知っているな」

隼人が語気を強くして訊いた。

「て、てまえは、崎田さまたちに、この店が繁盛するようにしてやる、と言われただけです。殺してくれ、などと口にしたことはございません」

政左衛門がそう言って、訴えるような目を隼人にむけた。

「そうかもしれん。……だが、崎田たちが、木村屋の善兵衛を殺した後、おまえが大金を払ったことも確かだろう」

隼人が言った。

「そ、それは、崎田さまたちに、金を出さなければ、次はおまえを殺すと言われ、仕方なく……。てまえは、脅されて金を出したのです。むしろ、てまえは大金を脅し取られた被害者です」

政左衛門が、訴えるように言った。

隼人はいっとき口をつぐんで、政左衛門に目をやっていたが、

「政左衛門、崎田は、この店が繁盛するようにしてやる、と言ったとき、何をするか、訊かなかったのか」

と、語気を強くして訊いた。

「そ、それは……」

政左衛門の声がつまった。

「訊いたな」

隼人が、政左衛門を睨むように見据えて言った。

「崎田さまは、殺すとは言いませんでした。ただ、店に出られないようにしてやると……」

政左衛門が、肩を落として言った。

「ともかく、番屋で話を聞こうか」

隼人は番屋で政左衛門に話を聞いてから、必要であれば、南茅場町にある大番屋に連れていこうと思った。

五

隼人たちは政左衛門を近くの番屋に連れていき、あらためて話を聞いた。政左衛門は、観念したのか、隠さずに話すようになった。

「崎田さまは、殺すとは言いませんでした」

政左衛門が、強張《こわば》った顔で言った。

「店に出られないようにしてやる、と言ったのだな」

「は、はい」

「それを聞いたとき、おまえは崎田たちが、善兵衛を殺す気でいることに、気付いたはずだぞ」

隼人が語気を強くして言った。

「そ、それは……」

「気付いたな」

隼人が念を押した。

「は、はい……。崎田さまは、殺す気でいると思いました」

政左衛門が肩を落として言った。

「そのとき、おまえは何と言った」

「何も言いませんでした」

政左衛門は首を垂《こうべ》れ、顔を畳にむけた。肩先が顫えている。

「崎田は、金の話も口にしたか」

隼人が訊いた。

「は、はい」

「金額も訊いたのか」

「いえ、そのときは、増田屋なら用意できる金だと口にしただけです」

「木村屋の善兵衛を殺してから、金額を口にしたのだな」

「はい」

「どれほどだ」

「ひゃ、百両でございます」

また、政左衛門の声がつまった。体が顫えている。

「百両か、大金だな。……もっとも、増田屋のような大店《おおだな》だと、百両ならすぐに用意できるか」

「多少の蓄えは、ございます」

政左衛門が小声で言った。

隼人はいっとき間を置いてから、

「ところで、両替屋の富沢屋を知っているな」

と、声をあらためて訊いた。

隼人は、明日にも富沢屋と同じ両替屋の川澄屋に行き、あるじの峰五郎から話を聞いてみようと思っていた。ここで、政左衛門に訊いておけば、様子が知れるだろう。

「存じております」

「しばらく前のようだが、富沢屋のあるじの豊蔵が殺されたことも知っているな」

隼人が念を押すように訊いた。

「はい」

「富沢屋の商売敵《がたき》の川澄屋を知っているか」

「知ってます」

「川澄屋でも、商売敵の富沢屋の主人、豊蔵の殺しを頼んだようだ」

隼人が言った。

「……」

政左衛門は、無言のまま体を顫わせている。

「川澄屋の手代の弥之吉を捕らえて話を聞いたのだが、やはり崎田と浅野に殺しを頼んだそうだ」

「噂《うわさ》は耳にしました」

「薬種問屋の室田屋のあるじ、喜兵衛も崎田たちに殺されたらしい」

さらに、隼人は室田屋のことも話した。

「そんな話も耳にしたことが、ございます」

政左衛門が、俯《うつむ》いたまま言った。

「おれは、腑《ふ》に落ちないことがあるのだ」

隼人が声をあらためて言った。

すると、政左衛門だけでなく、菊太郎と天野も隼人に目をむけた。

「なぜ、本石町三丁目界隈《かいわい》にある大店ばかりなのだ。……他の町にも、同じ商売で競い合っている店はいくらもあるはずだ」

「それは……」

「心当たりが、あるのか」

「は、はい、仙次という男です」

「そう言えば、仙次がいろいろ探って、崎田たちに話していたと聞いている」

「いま、仙次の住む長屋は亀井町にあるようですが、それ以前は、幼いころから本石町三丁目にある長屋に住んでいたのです」

政左衛門が言った。

「それで、本石町三丁目にくわしいのか」

「はい」

「そうか。仙次は、本石町三丁目界隈にくわしいだけではないな。いまは亀井町に住んでいるので、疑われずに済むわけか」

隼人は、なぜ本石町三、四丁目の大店ばかりが狙われたかが分かった。仙次が手引きしたからである。

次に口をひらく者がなく、座敷が沈黙につつまれたとき、

「てまえを、店に帰してください。知っていることは、みんな話しました」

政左衛門が、隼人に目をむけて言った。

「政左衛門、おまえのおかげで仙次が何をやったか知れたが、それでおまえの罪が消えたわけではないぞ」

「て、てまえは、どうなるのです」

政左衛門が、声を震わせて訊いた。

「ここに留め置くわけにはいかないし……。可哀相《かわいそう》だが、しばらく大番屋で我慢してもらうか」

隼人が言った。

「お、大番屋！」

政左衛門が、目を剝《む》いて言った。

「吟味の結果にもよるが、小伝馬町の牢屋敷《ろうやしき》に送られることもあるかもしれんな」

「……」

政左衛門の体が顫え、恐怖で顔がひき攣ったようにゆがんでいる。

六

隼人と菊太郎が座敷で身支度を終え、廊下へ出ようとしたとき、戸口でおたえと利助の声がした。

隼人は利助の甲高い声を聞き、何かあったな、と察知し、菊太郎とともにすぐに戸口に出た。

戸口に、おたえと利助が立っていた。

「旦那、大変だ！」

利助が隼人の顔を見るなり言った。

「どうした」

「川澄屋のあるじの峰五郎が、首をくって死にやした」

「なに、峰五郎が死んだと！」

隼人の声が大きくなった。その場に立っていたおたえと菊太郎は、驚いたような顔をしている。

「へい、店の裏手にある土蔵の脇で、首をくったそうでさァ」

利助が、ここに来る途中、顔を合わせた岡っ引きから、話を聞いたことを言い添えた。

「行ってみよう」

隼人は川澄屋に行って話を聞くつもりだったので、すぐにその気になった。

隼人が、菊太郎と利助とともに路地木戸から出ようとすると、見送りに出てきたおたえが、

「おまえさん、菊太郎、気をつけて」

と、声をかけた。おたえは、心配そうな顔をしていた。利助から、峰五郎という男が死んだという話を聞いたからだろう。

途中、隼人たちが、楓川にかかる海賊橋まで来たとき、橋のたもとで天野と顔を合わせた。天野は、与之助を連れていた。天野も川澄屋に行くことになっており、海賊

橋のたもとで待ち合わせする約束だったのだ。

「天野、峰五郎が死んだそうだ」

隼人が、天野の顔を見るなり言った。

「川澄屋のあるじの峰五郎ですか」

天野が驚いたような顔をして訊いた。

「そうだ」

「殺されたのですか」

「分からぬ。これから行ってみるつもりだ」

「それがしも、同行します」

そう言って、天野も足を速めた。

隼人たちは海賊橋を渡り、さらに歩いて日本橋川にかかる江戸橋を渡った。そして、入堀沿いの道を北にむかった。奥州街道を横切り、本石町四丁目に出た後、表通りを西にむかった。

いっとき歩くと、本石町三丁目に入り、前方に川澄屋が見えてきた。

「表戸がしまってやす」

利助が前方を指差して言った。

川澄屋の表の板戸はしまっていたが、脇の一枚だけあいていた。そこから店内に出入りできるらしい。一枚だけあいた出入り口のまわりに、人だかりができていた。通りすがりの野次馬が多いようだが、岡っ引きらしい男の姿もあった。

隼人たちが出入り口のそばに行くと、「八丁堀の旦那だ」「ふたりも、みえたぞ」などという声が聞こえ、戸口にいた男たちが身を引いてその場をあけた。

隼人たちは、戸があいた場所から店内に入った。店内には、手代と丁稚《でっち》らしい男がそれぞれひとりいるだけだった。両替の場になっている広い座敷と左手奥の帳場に、他の奉公人と客の姿はなかった。妙にひっそりとしている。

隼人たちが入っていくと、手代らしい男が足早に近付き、

「だ、旦那さまが、首を吊《つ》って……」

と、声を震わせて言った。隼人と天野の身装《みなり》から、八丁堀の同心と分かったらしい。

「場所はどこだ」

隼人が訊いた。

「奥の土蔵の脇です」

「どこから行ける」

「廊下から、裏手へ出られます」

手代らしい男は、案内します、と言って、先にたった。隼人がつづき、さらに、菊太郎、天野、そして利助と与之助が後についた。

隼人たちは手代の案内で、帳場の脇の廊下を裏手にむかった。廊下は、台所に突き当たった。流し場や竈《かまど》などがあり、土間の奥の背戸のむこうから男たちの昂《たかぶ》った声が聞こえた。

「首を吊ったのは、裏手か」

隼人が訊いた。

「そうです。背戸を出ると、すぐです」

「行ってみよう」

隼人が先にたち、天野、さらに菊太郎たち三人がつづいた。

隼人たちは土間におり、背戸をあけると、土蔵の脇に何人もの男たちの姿が見えた。男たちは、店の奉公人たちらしい。土蔵のそばに柿の木があり、幹のあたりに人が横たわっていた。峰五郎であろう。

隼人たちが背戸から出ると、集まっている男たちの間から、「八丁堀の旦那だ」「長月さまだ」などという声が聞こえた。隼人の名を知っている奉公人がいるようだ。

隼人たちが近付くと、柿の木の下に横たわっている男の姿が見えた。仰向《あおむ》けに寝かされている。

年配の男だった。顔の汚れもなく、目を閉じていた。寝間着《ねまき》の乱れもない。ただ、首に生々しい縄の痕があった。柿の木の根元に、首を吊ったときに使われたと思われる縄が落ちていた。

おそらく、奉公人たちが首を吊った主人の縄を外し、遺体を地面に寝かせたのだろう。そして、衣類を整え、顔の汚れを拭き取ったにちがいない。

隼人は番頭らしい男に近付き、

「番頭か」

と、訊いた。

「ぱ、番頭の政蔵《まさぞう》でございます」

政蔵が、声をつまらせて言った。五十がらみと思われる男だった。痩身《そうしん》で首が細く、喋《しゃべ》ると喉仏が、ビクビク動く。

天野や菊太郎たちは、地面に横たわっている男に目をやりながら、隼人と政蔵のやり取りを聞いている。

「首を吊ったのは、峰五郎か」

隼人が念を押すように訊いた。

「は、はい」

政蔵が、眉を寄せて言った。

「峰五郎は、何ゆえ首を吊ったのだ」

「そ、それは……」

政蔵は、言いにくそうな顔をして隼人を見た。

「町方に捕らえられるのを恐れたのか」

隼人は訊いた。

政蔵は戸惑うような顔をして、

「主人は増田屋のあるじの政左衛門さんが、町方に捕らえられたことを知って、ひどく気にしていました」

と、峰五郎を見つめながら言った。

「そうか」

隼人は胸の内で、「峰五郎は、自分も捕らえられるとみて、首を吊ったようだ」とつぶやいた。

隼人はいっとき口を閉じて死顔に目をやっていたが、

「死人に縄は、かけられぬ」

と、つぶやき、背戸に足をむけた。これ以上、峰五郎の死体を見ていてもどうにもならないと思ったのだ。

天野や菊太郎たちが、隼人の後についてきた。

七

隼人たちは川澄屋の戸口から出ると、集まっている野次馬たちから離れた。そして、路傍に足をとめると、

「父上、これからどうしますか」

と、菊太郎が訊いた。

「まだ、松永屋が残っている」

隼人が、男たちに目をやって言った。

「薬種問屋ですか」

天野が訊いた。

「そうだ、商売敵の室田屋の主人の喜兵衛が、崎田たちと思われる武士に殺されている」

「その話は聞いています」

天野が言った。

「松永屋のあるじの藤八郎が、崎田たちに殺しを依頼したとみている」

「藤八郎は、峰五郎が首を吊って死んだことを知ったかもしれません」

隼人の背後にいた菊太郎が、後ろから口を挟んだ。

「こういう噂《うわさ》は、伝わるのが早い。朝のうちに、藤八郎の耳に入ったはずだ」

隼人が言った。

「これから首を吊るとは、思えませんが、店から姿を消すかもしれませんせん」

天野が口を挟んだ。

「おれも、そうみたのだ。……ともかく、松永屋に行ってみよう」

隼人は、藤八郎に話を聞き、喜兵衛殺しにかかわったことが知れれば、その場で捕らえるつもりだった。

松永屋の近くまで行くと、店に出入りしている客の姿が見えた。ふだんと変わりなく、店はひらいているようだ。

隼人たちは松永屋の脇まで行くと、路傍に足をとめた。店の裏手がどうなっているか、脇から見たのである。

裏手には、土蔵があった。その奥は、板塀になっている。店の裏手は、板塀に囲われているらしい。おそらく板塀に、出入りできる切戸があるのだろう。

「利助、念のため、与之助とふたりで裏手にまわってくれ」

　隼人が言った。

「承知しやした」

　利助は与之助とふたりで、松永屋の脇から裏手にまわった。

「店に入るぞ」

　隼人が、菊太郎と天野に声をかけた。

　隼人たちは、松永屋の暖簾をくぐった。店に入ると、すぐに畳敷きの広い売り場になっている。右手には薬種を入れる引き出しが、売り場の奥までつづいていた。店内は、室田屋と同じような造りである。

　売り場には何人かの客がいて、手代らしい男と話していた。隼人は室田屋の売り場を見たときより、客も奉公人もすくないような気がした。

　左手奥の帳場には、番頭らしい男がいた。帳場机を前にして、算盤《そろばん》を弾《はじ》いている。

　隼人たちが土間に立つと、近くにいた手代が慌てて立ち上がり、隼人たちのそばに来た。

「何か、御用でしょうか」

手代が、強張った顔をして訊いた。隼人たちの身装《みなり》から、町奉行所の同心と分かったようだ。

「あるじの藤八郎に、会いたい」

隼人が小声で言った。客に聞こえないように気を遣ったのである。

「お、お待ちください」

手代はすぐにその場を離れ、帳場机を前にして座っている番頭らしい男のそばに行った。ふたりは何やら話していたが、すぐに番頭らしい男が立ち上がり、隼人たちのそばに来た。手代は、番頭の後ろにひかえている。

「番頭の平造《へいぞう》でございます。何か御用でしょうか」

平造が、小声で訊いた。不安そうな顔をしている。

「この店のあるじに会いたい」

隼人が語気を強くして言った。

平造は戸惑うような顔をして座っていたが、

「ともかく、お上がりになってください」

そう言って、隼人たち三人を売り場に上げた。

平造が隼人たち三人を連れていったのは、帳場の背後にある小座敷だった。身分のある客を案内する座敷らしかった。

隼人たち三人が、座敷に腰を下ろすと、

「すぐに、あるじを呼んでまいります」

そう言い残し、平造は慌てた様子で座敷から出ていった。

いっときすると、廊下を歩くふたりの足音がし、障子があいて、番頭と五十がらみと思われる恰幅のいい男が姿を見せた。あるじの藤八郎らしい。

ふたりは、隼人たちと対座すると、

「主人の藤八郎でございます」

恰幅のいい男が名乗って、深々と頭を下げた。

「町奉行所の長月隼人だ」

隼人が名乗ると、天野と菊太郎もそれぞれ身分と名を口にした。

「どのような御用でしょうか」

藤八郎が、不安そうな顔をして訊いた。番頭の平造は店にもどらず、藤八郎の脇に端座している。

「藤八郎に、訊きたいことがある。おれたちといっしょに、番屋まで来てもらいたい」

隼人が小声で言った。

「ここで、話すわけにはいかないのですか」

藤八郎が声を震わせて訊いた。顔から血の気が引いている。

「駄目だ。おれの言うとおりにしないと、縄をかけて引いていくことになるぞ」

隼人の語気が強くなった。

藤八郎は青褪めた顔で、身を顫わせていたが、

「……………！」

「お供いたします」

と、肩を落として言った。

脇に座していた平造は、主人と隼人に目をむけている。

八

隼人たちは店の客に知れないように、裏手から藤八郎を連れ出した。人目を引かないように、縄はかけなかった。それに、藤八郎は観念したのか、逃げるような素振りを見せなかった。

隼人たちに裏手にいた利助と与之助がくわわり、五人で藤八郎を取り囲むようにし

て連行した。

隼人たちが藤八郎を連れていったのは、政左衛門から話を聞いたときと同じ番屋だった。隼人と天野、それに菊太郎の三人で、藤八郎を番屋の奥の座敷に連れていった。利助と与之助は、戸口近くの座敷に控えている。

隼人は、座敷のなかほどに藤八郎を座らせた。藤八郎は、不安そうな顔で身を顫わせている。

「ここは、政左衛門から話を聞いた座敷だ。政左衛門は、いまおまえのいる場所に座って、おれが訊いたことに答えた。隠さずにな」

「……！」

藤八郎は、戸惑うような顔をして隼人に目をむけた。

「では、訊くぞ。……崎田玄三郎と浅野源九郎を知っているな」

隼人は、最初からふたりの名を出した。

藤八郎は、口をひらかなかった。視線を膝先に落として、身を顫わせている。

「崎田と浅野を知っているな！」

隼人が語気を強くして訊いた。

「な、名を、聞いたことはあります」

藤八郎が、声をつまらせて言った。

「崎田たちふたりに、会ったな」

「……」

藤八郎は、無言で身を硬くしている。

「ふたりに会ったな！」

隼人が藤八郎を見据えて訊いた。

「は、はい」

藤八郎が答えた。会ったことは、隠しきれないと思ったようだ。

「崎田たちは、おまえと会ったとき、どんな話を持ち出した」

「そ、それは……」

藤八郎は、言いにくそうな顔をして口をつぐんでしまった。

「崎田たちは、松永屋が繁盛するようにしてやる、と言ったのではないか」

隼人は、増田屋の政左衛門から聞いたことを話した。

藤八郎は驚いたような顔をして隼人を見て、

「そうです」

と言って、肩を落とした。隼人が、崎田たちとのかかわりをよく知っているので、隠しきれないと思ったようだ。

「その後、崎田たちは何と言った」

隼人は、喜兵衛殺しのやり取りを聞き出そうとしたのだ。

「室田屋のあるじの喜兵衛さんを店に出られないようにしてやる、と言いました」

藤八郎は観念したのか、隠さずに話した。

「やはり、そうか」

隼人は胸の内で、木村屋の善兵衛殺しと同じだ、と思ったが、口にはしなかった。

「それで、承知したのだな」

「は、はい」

「崎田たちに、いくら払った」

隼人が声をあらためて訊いた。

藤八郎は、いっとき困惑したような顔をして口をつぐんでいたが、

「百両です」

と、つぶやくような声で言った。顔が青褪め、体がまた顫え出した。

「大金だな」

隼人は胸の内で、崎田たちが増田屋に要求した金額を思い出した。やはり、百両で

ある。崎田たちは、初めから殺し料を決めていたらしい。

隼人はいっとき間を置いてから、

「話を持ってきたのは、仙次か」

と、名を出して訊いた。

「そうです」

藤八郎は、驚いたような顔をした。隼人が、仙次とのことまで知っていたからだろう。隼人はいっとき黙考していたが、

「天野、何かあったら、訊いてくれ」

と、天野に目をやって言った。

天野は虚空《こくう》を見つめていたが、

「仙次から話を聞いたとき、崎田たちが喜兵衛を殺す気でいることは分かっていたな」

と、藤八郎を見据えて訊いた。

「そ、それは……」

藤八郎は青褪めた顔で、いっとき口をつぐんでいたが、

「気付いていました」

と、肩を落として言った。隼人たちに崎田たちとのかかわりが摑《つか》まれているので、隠しても仕方がないと思ったのだろう。

天野はそれだけ訊くと、隼人に顔をむけて、ちいさくうなずいた。訊きたいことは、これだけです、と知らせたのだ。

「出掛けるか」

隼人が座敷にいた天野と菊太郎に目をやって言った。

「わ、わたしは、どこへ連れていかれるのですか」

藤八郎が、隼人に目をやって訊いた。

「政左衛門と同じ、大番屋だ」

「……！」

藤八郎は目を剝いて息を呑んだ後、がっくりと肩を落とした。

第六章　激闘

一

陽が西の空にまわっていた。隼人はひとり、庭の見える座敷で、おたえが淹《い》れてくれた茶を飲んでいた。

庭から、菊太郎の気合と足音が聞こえた。菊太郎はひとり、庭に出て木刀の素振りをしている。

このところ、菊太郎は南町奉行所から早く帰り、夕餉《ゆうげ》までの間、庭で剣術の稽古をしていることが多かった。

隼人は、菊太郎の稽古に付き合うこともあったが、今日は南町奉行所からの帰りが、いつもより遅かった。それで、庭に出ずに座敷で茶を飲んでいたのだ。

隼人たちが、増田屋の政左衛門と松永屋の藤八郎を捕らえて十日が経《た》っていた。この間、隼人たちは、何度か剣術道場のある亀井町に足を運んで、崎田の居所を探した。

崎田を捕らえるなり討つなりしなければ、事件の始末はつかないのだ。ところが、いまだに崎田の居所はつかめなかった。

一方、天野は豊島町に住んでいる情婦《いろ》のところへ行って捕らえ、吟味したようだ。

そのとき、路地木戸をあける音がした。だれか来たらしい。足音は組屋敷の戸口でなく、庭の方にむかった。菊太郎の気合や足音が聞こえたので、庭にまわったのだろう。

菊太郎の気合がやみ、男の話し声が聞こえた。天野である。菊太郎といっしょに縁側の方に歩いてくる。

隼人は立ち上がり、障子をあけて縁側に出た。天野と菊太郎は隼人の姿を目にすると、足を速めた。

「天野、何かあったのか」

隼人が訊《き》いた。

「いえ、今日は、奉行所からの帰りです」

天野はそう言った後、「崎田の居所は、知れましたか」と小声で訊いた。どうやら、天野は崎田の居所が知れたかどうか訊くために立ち寄ったらしい。

「それが、まだつかめないのだ」

隼人は、「ともかく、腰を下ろしてくれ」と言って、縁先に手をむけた。

天野と菊太郎は、縁側に腰を下ろした。そのとき、座敷に入ってくる足音がし、障子があいて、おたえが顔を出した。隼人と天野のやり取りが、聞こえたのかもしれない。

「天野さま、いらっしゃい。すぐ、お茶を淹《い》れます」

おたえはそう言い残し、座敷にもどった。

おたえが座敷から出ていく足音が消えてから、天野が隼人に顔をむけ、

「与之助が、知り合いの岡っ引きから聞いた話ですが、崎田の姿を亀井町で見掛けたらしいんです」

と、声をひそめて言った。おたえに聞こえないように、気を遣《つか》ったらしい。

「亀井町のどこだ」

隼人が訊いた。

「道場の近くのようです」

「崎田は、道場にもどったのかな」

隼人は胸の内で、崎田には、亀井町にある自分の道場しか行き場はないはずだ、とつぶやいた。

「もう一度、亀井町を探ってみるか」

隼人が言った。

「わたしも、亀井町に行くつもりでいました」

天野が身を乗り出すようにして言うと、

「おれも、行きます」

菊太郎が声高《こわだか》に言った。

そのとき、庭に面した障子があいて、おたえが姿を見せた。おたえは湯飲みを載せた盆を手にしていた。その場にいた男三人に、茶を淹れてくれたようだ。

「静かな、いい日ですねえ」

おたえは、男三人の脇に湯飲みを置いた。そして、隼人の脇に膝を折った。男三人の話にくわわるつもりらしい。

「おたえ、天野は内密の話があって来たようだ。すまんが、しばらく三人だけにしてくれんか」

隼人が、おたえに顔をむけて言った。

「これは、気が付きませんでした」

おたえは、天野に頭を下げると、「何かあったら、声をかけてくださいね」と言い残し、慌てた様子で縁側から座敷にもどった。

隼人は、おたえの足音が聞こえなくなってから、

「明日、奉行所には出仕せずに亀井町に行く」

と、声をひそめて言った。

「それがしも、同行します」

天野が言うと、菊太郎も、「いっしょに行きます」と脇から口を挟んだ。

「よし、三人で行こう」

隼人は、ひとりで崎田と勝負するつもりでいたが、自分がもしも後れをとるようなことがあれば、天野と菊太郎、それに同行する手先とで崎田を捕縛《ほばく》してほしかった。

それから、隼人たちは、崎田の遣う一刀流の剣の話をした。話が一段落したところで、天野は腰を上げ、

「明日、江戸橋のたもとで待ってます」

と、言い残し、庭から路地木戸へ足をむけた。

隼人は、天野の姿が見えなくなると、

「菊太郎、いっしょに稽古するか」

と、声をかけて立ち上がった。隼人自身、崎田と立ち合うことを想定して、体を動

かしておきたかったのだ。

「はい！」

菊太郎は、脇に置いてあった大刀を手にして立ち上がった。

隼人は座敷から愛刀の兼定《かねさだ》を手にしてもどると、菊太郎につづいて庭に出た。木刀ではなく、真剣を遣うつもりだった。

隼人は、崎田の八相《はっそう》の構えを脳裏に描いた。刀身を垂直に立てる大きな構えである。

……崎田はこの構えから、真っ向へ来るはずだ。

隼人は胸の内でつぶやき、剣尖《けんせん》を崎田の刀の柄《つか》を握った左拳につけた。八相に対応する構えをとったのだ。

隼人は崎田の八相から真っ向へ斬り込んでくる太刀《たち》を脳裏に描き、青眼《せいがん》からどう受けて斬るか、太刀捌《たちさば》きを工夫した。

いっときすると、隼人の額に汗が浮き、頬《ほお》をつたって流れるようになった。それでも、隼人と菊太郎は稽古をつづけた。

いつ来たのか、縁側におたえの姿があった。おたえは心配そうな顔をして、隼人と菊太郎の稽古を見つめている。

二

翌朝、隼人と菊太郎はおたえに見送られて、八丁堀の組屋敷を出た。江戸橋のたもとで、天野と与之助、それに利助が待っていた。

隼人は昨日、南町奉行所からの帰りに利助と会い、組屋敷に来るよう話しておいた。おそらく、利助は組屋敷に来る途中、天野と顔を合わせ、橋のたもとで天野とともに隼人たちを待つようにしたのだろう。

「今日は、亀井町に行く」

隼人が、利助に目をやって言った。

「崎田ですかい」

利助が訊いた。

「そうだ。……道場に、もどっているかもしれない」

隼人は、天野から聞いたことを口にしなかった。亀井町にある道場に行ってみれば、分かるはずである。

隼人たちは江戸橋を渡り、掘割沿いの道を通り過ぎ、さらに表通りを北にむかって亀井町に入った。そして、前方に崎田の道場が見えてきたところで足をとめた。

道場とその裏手にある母屋に目をやったが、以前目にしたときと変わらなかった。崎田らしい人影は見当たらない。

「向こうから、二本差しがふたり来やす」

利助が、通りの先を指差して言った。

通りの先に目をやると、若侍がふたり、何やら話しながらこちらに歩いてくる。ふたりは、小袖《こそで》に袴《はかま》姿で下駄《げた》を履いていた。木刀や竹刀《しない》を手にしていないので、稽古帰りの門人ではないようだ。

「おれが、訊いてみる」

隼人はそう言って、足早にふたりの若侍の方へむかった。

天野たちは路傍《ろぼう》の樹陰に立ち、一休みしているような格好で隼人とふたりの若侍に目をやっている。

隼人は、ふたりの若侍と何やら話しながら天野たちのそばを通り過ぎた。隼人たちは、さらに半町ほど歩くと、隼人だけが足をとめた。ふたりの若侍は、隼人から離れていく。隼人は踵《きびす》を返すと、足早に天野たちのいる場にもどってきた。

「だいぶ、様子が知れたぞ」

隼人が言った。

「崎田は、道場にいますか」

菊太郎が身を乗り出して訊いた。

「いるようだ」

隼人が、ふたりの若侍から聞いた話によると、近頃、崎田が道場の裏手にある母屋から表に出てくる姿を見かけたという。

隼人たちが、亀井町に来て崎田の居所を探ったときは、気付かなかったが、おそらく母屋に身をひそめていたのだろう。

「それにな、近いうちに道場を新しく建て直す普請が始まるという噂《うわさ》もあるようだ」

隼人が言った。

「普請ですか。図々《ずうずう》しすぎやしませんか」

天野が訊いた。

「そうだ。おそらく、増田屋や川澄屋などから貰《もら》った金で、道場を建て直すつもりなのだろう」

隼人の顔が、厳しくなった。ひとを殺して手にした金で、剣術道場を建て直そうとしている崎田が許せなかったのだ。

「崎田を捕らえますか」

天野が訊いた。

「いや、おれが崎田を討つ」

隼人が語気を強くして言った。崎田を捕らえるのはむずかしい。捕縛しようとすれば、何人もの犠牲者が出るだろう。

「行くぞ」

隼人が先にたった。

隼人たちは道場のそばまで行くと、道場内にひとがいないのを確かめてから、道場と板塀の間を通って裏手にある母屋にむかった。

隼人たちは母屋の近くまで来ると、足音を忍ばせて庭に入り、つつじの植え込みの陰に身を隠した。

……家のなかにいる！

家のなかから、男と女の話し声が聞こえた。男の声は、聞き覚えのある崎田のものだった。女は妻女か下働きか、隼人には分からなかった。

「どうしやす」

利助が小声で訊いた。

「崎田を外に連れ出す」

はずである。

隼人は、家のなかで立ち合うつもりはなかった。崎田も、家のなかの戦いは避ける

「天野や菊太郎たちは、手を出さないでくれ」

隼人はそう言って、つつじの陰から出た。

天野たちは黙って隼人を見送ったが、隼人が後れをとるようなら、すぐに樹陰から飛び出して崎田に立ち向かうだろう。

隼人は、足音を忍ばせて戸口に近付いた。家のなかから、崎田の声がはっきりと聞こえた。男の声は崎田だけだった。崎田に助太刀《すけだち》する者は、いないようだ。

隼人は戸口の前で足をとめ、背後を振り返った。菊太郎や天野たちは、樹陰に身を隠している。

隼人は、引き戸に手をかけてあけた。

土間の先の座敷に、崎田と妻女がいた。崎田は湯飲みを手にしている。酒ではなく、茶を飲んでいたらしい。

「長月か！」

崎田が、昂《たかぶ》った声を上げて、傍らに置いてあった大刀を手にした。

三

「崎田、表へ出ろ！」

隼人が崎田を見据えて言った。

「いいだろう」

崎田は立ち上がり、大刀を腰に帯びた。

「お、おまえさん、やめてください」

妻女が、声を震わせて言った。

「こいつを始末しないと、道場を建てられないのだ」

そう言って、崎田は戸口に足をむけた。

隼人は崎田に体をむけたまま、敷居を跨《また》いで外に出た。そして、崎田と立ち合うことができるだけの間をとって足をとめた。

崎田は隼人と対峙《たいじ》する前に、周囲に目をやった。外で待ち伏せしている隼人の仲間がいないか見たらしい。

崎田は、庭の樹陰に人影があるのを目にし、

「騙《だま》し討ちか！」

と、声を荒らげて言った。

「あの者たちは、おぬしが逃げ出さないように見張っているのだ。おれとおぬしの勝負に手は出さぬ」

隼人はそう言って、刀の柄に右手を添えた。

「おのれ！」

崎田は抜刀し、隼人と対峙した。憤怒《ふんぬ》に、顔が赭黒《あかぐろ》く染まっている。

隼人も刀を抜き、青眼に構えると、剣尖を崎田の目にむけた。腰の据わった隙《すき》のない構えである。

崎田は、八相に構えた。両手を高くとり、切っ先で天空を突くように刀身を垂直に立てている。大きな構えだった。崎田は大柄だったので、その体軀《たいく》とあいまって、上から覆いかぶさってくるような威圧感がある。

ふたりの間合は、おそよ三間――。まだ、一足一刀の斬撃《ざんげき》の間境《まざかい》の外である。

崎田の全身に斬撃の気が満ちてきた。大柄な体がさらに大きく見え、今にも斬り込んできそうな気配がある。

「行くぞ！」

崎田が声をかけ、足裏を摺《す》るようにしてジリジリと間合を狭めてきた。

対する隼人は、動かなかった。気を鎮めて、ふたりの間合と崎田と斬撃の気配を読んでいる。

一足一刀の斬撃の間境まであと半間——。

崎田は、大きな八相に構えたままさらに間合をつめてきた。隼人は青眼に構えたまま、ふたりの間合を読み、青眼から斬り込む気配を見せている。

斬撃の間境まであと一歩——。

隼人が読んだとき、ふいに崎田の寄り身がとまった。

崎田は隼人の隙のない構えを見て、このまま斬撃の間境を越えるのは、危険だと察知したようだ。

イヤアッ！

突如、崎田が裂帛《れっぱく》の気合を発した。気合で、隼人の気を乱そうとしたのだ。

だが、気合を発したことで、崎田の八相の構えがくずれた。この一瞬の隙を、隼人がとらえた。

タアッ！

鋭い気合とともに、隼人が斬り込んだ。

踏み込みざま、袈裟《けさ》へ——。

間髪をいれず、崎田も八相から袈裟——。

二筋の閃光《せんこう》が疾《はし》った。次の瞬間、ふたりの刀身が甲高い金属音とともに眼前で合致し、動きがとまった。すぐに、ふたりは刀身を押し合った。鍔迫《つばぜ》り合いである。

だが、ふたりが身を寄せて刀身を押し合ったのは、ほんの数瞬だった。

ふたりは、ほぼ同時に己の刀身で敵の刀身を強く押して背後に跳んだ。跳びざま、ふたりは斬り込んだ。

隼人は突き込むように籠手《こて》に斬りつけ、崎田は刀身を横に払った。

隼人の切っ先は崎田の右の前腕を斬り、崎田の切っ先は隼人の右袖の肩先を斬り裂いた。ふたりは大きく間合をとり、ふたたび構え合った。隼人は青眼に、崎田は大きな八相である。

「相打ちか！」

崎田が顔をしかめて言った。

崎田の右の前腕が裂け、血が流れ落ちている。右腕を斬られたために、八相に構えた刀身が揺れている。

隼人の小袖も肩先が裂けていたが、血の色はなかった。崎田の切っ先は、隼人の肩までとどかなかったのだ。

隼人は相打ちとは、思わなかった。崎田は、右の前腕を斬られていた。そのため、右腕に余分な力が入っている。一瞬の太刀捌きを鈍くするはずだ。

ふたりの間合は、およそ二間半――。さきほどより半間ほど近かった。一度斬り合ったことで、間合が近くなったのだ。

「次は、仕留める」

言いざま、隼人が動いた。

青眼に構えたまま、ジリジリと間合を狭めていく。

対する崎田は、動かなかった。八相に構えたまま隼人との間合と斬撃の気配を読んでいる。だが、崎田の構えはくずれていた。右の前腕から流れ出る血と傷の痛みに、気が乱れているのだ。

斬撃の間境まで半間――。

隼人が、そう読んだときだった。ふいに、崎田の全身に斬撃の気がはしった。崎田は一気に勝負を決するつもりなのだ。

キエッ！

崎田が、甲走った気合を発した。次の瞬間、崎田が斬り込んできた。

踏み込みざま八相から袈裟へ――。

だが、この斬り込みを、隼人は読んでいた。一歩身を引いて、崎田の切っ先をかわすと、刀身を袈裟に払った。一瞬の斬撃である。

隼人の切っ先が、崎田の肩から胸にかけて斬り裂いた。崎田は身をのけ反らせて、よろめいた。深い傷である。傷口から血が噴出し、崎田の上半身を赤く染めていく。

崎田は足をとめ、手にした刀を振り上げようとした。そのとき、崎田の体が大きく揺れ、腰から崩れるように転倒した。

地面に俯《うつぶ》せに倒れた崎田は、身を起こそうとしたが、わずかに頭をもたげただけだった。崎田は何か言いかけたが、声にはならなかった。すぐに顔を伏せ、かすかな喘《あえ》ぎ声を洩《も》らしただけで、急にぐったりとなった。崎田の傷口から流れ出た血が、体のまわりの地面を赤く染めていく。

いっときすると、崎田の息の音が聞こえなくなった。

「死んだ」

隼人が崎田に目をやって言った。

そこへ、菊太郎、天野、利助、与之助の四人が走り寄り、倒れている崎田を取り囲むように立った。

「父上、怪我《けが》は」

菊太郎が、隼人の裂けている小袖を見て訊いた。心配そうな顔をしている。

「斬られたのは、着物だけだ」

そう言って、隼人は手にした刀に血振《ちぶる》い（刀身を振って血を切る）をくれた。

菊太郎は、ほっとしたような顔をした。そばにいた天野たちも安心したらしく、表情をやわらげた。

「長居は無用」

そう言って、隼人が道場の方に足をむけようとした。そのとき、家の出入り口の板戸があいた。

半分ほどあいた板戸の間から、妻女が顔を覗《のぞ》かせた。

「後はまかせよう」

隼人はそう言い、道場の方に歩きだした。

菊太郎たち四人は、ときどき背後を振り返りながら隼人の後をついてきた。隼人たちが、道場の脇まで来たとき、

「おまえさん！」

という妻女の叫び声が聞こえた。

四

「お茶にしましょうか」

おたえが、縁側から隼人に声をかけた。

隼人と菊太郎は早めに奉行所から帰り、庭で剣術の稽古を始めたのだ。もっとも、稽古といっても、隼人の場合は真剣の素振りをするだけである。

一方、菊太郎は素振りの他に、前に立った敵を想定した構えや斬り込みなどの稽古をする。

まだ、七ツ（午後四時）ごろだった。陽は西にまわったが、日差しは強く、すこし体を動かすと汗をかく。

「菊太郎、一休みだ」

隼人が菊太郎に声をかけた。

隼人と菊太郎は額の汗を手の甲で拭いながら、木刀を手にしたまま縁側に来て腰を下ろした。木刀は体の脇に置いている。

「このところ、帰りが早いので喜んでるの」

おたえが笑みを浮かべて言い、隼人の脇に湯飲みを置いた。

「事件の始末がついたからな」

　そう言って、隼人は湯飲みに手を伸ばした。隼人が、崎田を討ち取って十日経っていた。隼人も菊太郎も、連日奉行所に出仕している。

「ずっと、こうだといいんだけど……」

　おたえがつぶやいた。

「そうはいかん。江戸は広いからな。いつ、どこで、どんな事件が起こるか、だれにも分からん」

　隼人がそう言ったとき、木戸門の戸があき、だれか入ってくる足音がした。

「だれかしら」

　おたえが腰を上げた。

「事件かな」

　隼人が木戸門の方へ目をやった。

「いやですよ」

　おたえは、「見てきます」と言って、縁側から座敷に入った。

　おたえの廊下を歩く足音がし、つづいて戸口で、おたえと男の声がした。

「天野か」

隼人が言った。男の声の主は、天野だった。

「何かあったのかな」

菊太郎は、戸口の方に目をやりながら言った。

戸口で、おたえと天野の声が聞こえた。ふたりのやりとりはすぐに終わったらしく、戸口から縁先にまわる足音がした。天野はおたえから隼人と菊太郎が縁側にいると聞き、家には入らず、庭にまわったようだ。

すぐに、天野が姿を見せた。ひとりだが、市中巡視の帰りかもしれない。天野は巻き羽織と呼ばれる身装《みなり》をしていた。巻き羽織は小袖を着流し、羽織の裾を帯に挟む町奉行所同心の独特の格好である。

「剣術の稽古ですか」

天野が、隼人と菊太郎を見て訊いた。

「そうだが、ちょうどやめたところだ。……天野、腰を下ろしてくれ」

そう言って、隼人が縁側に手をむけた。

隼人は天野が縁側に腰を下ろすのを待って、

「天野、事件でもあったのか」

と、声をひそめて訊いた。おたえに聞こえないように、気を遣ったらしい。

「いえ、前を通りかかったので、寄らせてもらったのです。それに、捕らえた政左衛門と藤八郎の吟味《ぎんみ》の様子が知れたので、話しておこうと思ってきたのです」

「そうか」

隼人が天野の方に顔をむけたとき、座敷を歩くおたえの足音がして、縁側に面した障子があいた。おたえは、湯飲みを載せた盆を手にしていた。隼人たち三人のために、茶を淹れてくれたらしい。

「お茶が入りましたよ」

おたえは、天野のそばに腰を下ろし、湯飲みを天野の脇に置いた。つづいて、おたえは隼人と菊太郎の脇に湯飲みを置くと、隼人の後ろに腰を下ろした。男たちの話にくわわるつもりらしい。

「おたえ、大事な話でな」

隼人がおたえに顔をむけて言った。

「あら、そうなの」

おたえは天野に、「気が付きませんで」と小声で言い、慌てた様子で腰を上げた。

「話が終わったら、声をかけるから来てくれ」

隼人がおたえに言った。

おたえは天野に頭を下げると、縁側から出ていった。その足音が座敷から廊下へ出たところで聞こえなくなると、

「話してくれ」

と、隼人が天野に目をやって言った。

「当初、政左衛門も藤八郎も、吟味方与力の訊問《じんもん》に、知りませぬ、存じませぬ、と答えるだけだったそうです」

「それで」

隼人が話の先をうながした。

「ところが、吟味方の与力が、拷問《ごうもん》を臭わせると、まず藤八郎が口を割ったようです」

「室田屋の喜兵衛殺しを崎田たちに依頼したことを吐いたのだな」

隼人が言った。

「そうです」

「増田屋の政左衛門はどうした」

隼人が、天野に目をやって訊いた。

「政左衛門は、なかなか口をひらかなかったようですが、拷問を臭わせ、藤八郎が吐

いたことを知ると、話すようになったようです」

「観念したようだが、崎田たちに殺しを依頼したことを吐いたのか」

「吐いたようです」

「そうか」

　隼人は、いっとき間を置き、

「ところで、崎田たちだが、何故辻斬《つじぎ》りなどしたのだ。道場再建のためとはいえ、卑しくも、剣に生きる道場主だ。政左衛門は何か話さなかったか」

　と天野に訊いた。

「そのことですが、崎田たちは、人を斬るのは町人も武士も変わらぬ。辻斬りも真剣勝負と同じだ、と話していたそうです」

「崎田たちが天狗《てんぐ》の面をかぶったのは、どういうわけだ」

　さらに、隼人が訊いた。

「もちろん、顔を隠すためですが、天狗の面にしたのは、崎田たちには剣に生きる者として、強く、神通力を持つ天狗のようにならねばならぬ、という思いがあったようです。道場の再建をあきらめなかったのも、牢人《ろうにん》としてふしだらな暮らしをしたくなかったからだそうです」

「天狗な。本当の達人は、己の強さをあまり表に出さぬものだが……」

隼人は虚空《こくう》に目をやって口をつぐんだが、

「それで、ふたりの処罰は」

と、小声で訊いた。

「ふたりとも、小伝馬町の牢屋敷に送られたようです。……敲《たた》きぐらいでは、済まないでしょうね」

天野が眉を寄せて言った。

「そうだな。死罪ということはないと思うが、遠島ぐらいあるかもしれんぞ」

隼人は、政左衛門と藤八郎にとって、死罪も遠島もあまり変わらない重い罰かもしれないと思った。二度と江戸には帰れない遠方の島で、ひとり死ぬまで暮らさねばならないのだ。

天野の話がひととおり済むと、隼人は菊太郎に「おたえに、話は済んだ、と伝えてきてくれ」と頼んだ。

隼人は、これまでおたえに心配をかけてきたので、四人でいっしょに茶を飲んで、労をねぎらってやろうと思ったのだ。

「はい、母上に知らせます」

菊太郎は、すぐに母のいる奥の座敷にむかった。

隼人は天野に目をやり、「これで、おれたちも肩の荷が下りたな」と言った。天野は無言でうなずき、表情をやわらげた。

そのとき、菊太郎とおたえの足音が聞こえた。隼人たちのいる縁側に近付いてくる。気のせいか、ふたりの足音には、弾むような響きがあった。

時代小説文庫
と 4-38

闇《やみ》天《てん》狗《ぐ》 剣客《けんかく》同心《どうしん》親《おや》子《こ》舟《ぶね》

著者 鳥《と》羽《ば》 亮《りょう》

2019年11月18日第一刷発行

発行者 角川春樹

発行所 株式会社 角川春樹事務所
〒102-0074 東京都千代田区九段南2-1-30 イタリア文化会館

電話 03(3263)5247[編集] 03(3263)5881[営業]

印刷・製本 中央精版印刷株式会社

フォーマット・デザイン&シンボルマーク 芦澤泰偉

ISBN978-4-7584-4303-6 C0193

http://www.kadokawaharuki.co.jp/[営業]
fanmail@kadokawaharuki.co.jp[編集] ご意見・ご感想をお寄せください。